VENDE-SE ESTE FUTURO

VENDE-SE ESTE FUTURO

BRUNO MIQUELINO

TALENTOS DA LITERATURA BRASILEIRA

novo século®

SÃO PAULO, 2018

AQUISIÇÕES
Cleber Vasconcelos

EDITORIAL
Jacob Paes • João Paulo Putini • Nair Ferraz
Rebeca Lacerda • Renata de Mello do Vale • Vitor Donofrio

PREPARAÇÃO: Mayara Leal
DIAGRAMAÇÃO: João Paulo Putini
REVISÃO: Equipe Novo Século
CAPA: Brenda Sório

Texto de acordo com as normas do Novo Acordo Ortográfico da Língua Portuguesa (1990), em vigor desde 1º de janeiro de 2009.

Dados Internacionais de Catalogação na Publicação (CIP)

Miquelino, Bruno
Vende-se este futuro
Bruno Miquelino
Barueri, SP: Novo Século Editora, 2018.
(Coleção Talentos da Literatura Brasileira)

1. Ficção brasileira 2. Ficção científica I. Título

18-0736 CDD-869.3

Índice para catálogo sistemático:
1. Ficção brasileira 869.3

NOVO SÉCULO EDITORA LTDA.
Alameda Araguaia, 2190 – Bloco A – 11º andar – Conjunto 1111
CEP 06455-000 – Alphaville Industrial, Barueri – SP – Brasil
Tel.: (11) 3699-7107 | Fax: (11) 3699-7323
www.gruponovoseculo.com.br | atendimento@novoseculo.com.br

A meu amor, Marcela,
e a meu filho, Felipe.

"O mundo não é composto de heróis e vilões,
mas de homens e mulheres, com todas as
paixões que Deus lhes deu. O ignorante
condena e o sábio se compadece."
Charles Chaplin, *Casamento ou luxo*

PRÓLOGO

MADRUGADA DO DIA 16/08/1977
TENNESSEE, EUA

Beatriz puxou suavemente o vestido, fazendo-o modelar seu corpo. Estava linda! O vestido azul-turquesa, um tubinho com botões brancos na frente e gola branca em V, lhe caía muito bem, realçando sua pele alva. Completando o visual, sapatos azuis de camurça, levemente apertados devido ao fato de nunca terem sido usados anteriormente. Tirou um pequeno espelho de sua bolsa azul e arrumou displicentemente suas madeixas loiras. Cortadas em corte chanel bem retinho até o queixo, elas lhe davam um ar jovial – por isso essa era uma de suas perucas prediletas. Guardou o espelho de volta na bolsa e colocou uma luva de algodão branca; ao contrário da peruca, essa era uma das luvas que mais odiava. Contudo, era a única que combinava com a roupa que vestira para a ocasião.

Devidamente arrumada, saiu da casa onde estava e respirou fundo, enchendo os pulmões de ar. Sentia o aroma entrar pelas suas narinas, um dos pequenos prazeres de sua vida cheia de atribulações e sem tempo para descansos. Apertou a pequena bolsa contra seu corpo e começou a caminhar rapidamente. Estava em uma rua pouco movimentada de um bairro residencial que abrigava mansões e tranquilidade aos abastados que ali viviam. No entanto, vez ou outra o bairro se via acometido por uma grande quantidade de gente, buscando registrar um momento qualquer das pessoas que ali viviam.

Felizmente era noite e não havia ninguém na rua. Continuou sua caminhada a passos largos, passando pelas inúmeras casas gigantescas, olhando com cautela para cada uma delas. Não se deslumbrava com elas, mas parecia procurar alguma em específico. Passou por duas, três, cinco casas. Até que, enfim, encontrou aquela que procurava. Virou na direção da casa e esgueirou-se devagar até encontrar um ponto em que conseguia se esconder atrás de algumas árvores. Agachou-se ali, engatinhando devagar, usando as árvores como proteção. Quando chegou próximo ao muro, viu que não estava sozinha: um homem estava de pé sobre um banquinho com uma enorme máquina fotográfica apoiada na parte de cima do muro. Tinha seu rosto grudado na máquina, que estava apontada para a entrada da casa.

Como Beatriz não tinha pressa, escolheu uma árvore fora do raio de uma possível rota de saída do homem e com um belo caminho de fuga para si própria, sentou-se e aguardou. Dali conseguia enxergar aquele homem iluminado pelas luzes que vinham da casa, porém conseguia permanecer na mais completa escuridão. Sabia que era uma questão de tempo para ele ir embora daquele lugar, abrindo passagem para ela. Cerca de vinte minutos se passaram até que um carro preto despontasse na rua e o enorme portão branco amplamente decorado fosse aberto. Ao mesmo tempo, a câmera daquele desconhecido começou a emitir uma sequência de estalidos, cada um deles trazendo um êxtase cada vez maior ao homem.

Após uma sucessão de cliques, seguidos por um sonoro palavrão de júbilo, o banquinho foi retirado e o sujeito se perderia na escuridão da posteridade, famoso por ter retratado um momento eterno da história da humanidade.

Sem ninguém à sua frente, Beatriz pôde seguir seu caminho. Subiu com destreza em uma árvore e dela inclinou-se para o topo do muro, pé ante pé, ficando ereta com habilidade na beirada, sem preocupação nenhuma em ser vista. Sabia que ali não haveria ninguém e que, apesar de a iluminação da casa permitir que ela fosse facilmente avistada, ninguém olharia para aquele ponto. Deu dois passos curtos para a esquerda e sentou-se no muro, permitindo que seus pés ficassem livres para serem chacoalhados àquela altura. Dali, tateou com o pé direito até encontrar uma fenda, que permitia acomodar todo seu pequeno pé. Quem poderia dizer que aquele muro onde pisava um dia acomodaria as inscrições de pessoas querendo registrar sua passagem por ali? Virou-se, agora de costas para a casa, segurando na borda do muro com ambas as mãos, bolsa pendurada em seu ombro, e desceu o corpo levemente, até que o pé esquerdo encontrasse outra fenda, um pouco mais à frente. Seu vestido subiu, devido à posição esdrúxula em que se encontrava, mas ela rapidamente soltou suas mãos do muro, levou seu pé direito abaixo, fazendo-o tocar no chão, e impulsionou-se para se erguer por completo no solo.

Arrumou o vestido em seu corpo, bateu a poeira que havia ficado nele, passou seu dedo pela alça da bolsa e seguiu seu caminho em direção à casa. Caminhou pela grama ao lado da passagem para carros, buscando sempre se manter obscura pelas árvores e ornamentos que ali existiam.

Chegou a um caminho com uma sucessão de arbustos, atrás dos quais conseguiu se agachar e perscrutar calmamente a casa à sua frente. Podia ver de lado duas grandes estátuas de leões, bem como atrás delas as quatro colunas que imponentemente anunciavam a entrada principal. Ao lado, duas janelas enormes, do mesmo tamanho da porta de entrada, indicavam que a casa permitia inúmeros acessos. Beatriz foi até a janela mais próxima e a tocou com ambas as luvas, forçando-a delicadamente para a esquerda. A janela respondeu, abrindo-se suavemente. Beatriz entrou no cômodo fracamente iluminado, fechou a janela atrás de si e deu um leve sorriso com o canto da boca. *Impressionante como os ricos sempre deixam suas casas abertas*, pensou.

Abriu sua bolsa e tateou, procurando algo que a pudesse ajudar a enxergar melhor. Encontrou um pequeno aparelho, do tamanho de sua mão, abriu-o, e dele saiu uma claridade suficiente para enxergar ao seu redor, porém sem chamar a atenção. Parou para analisar aquele cômodo onde estava: era um enorme saguão, com uma escada imponente à sua frente e um grande cômodo à sua direita. Havia um longo sofá branco, com duas poltronas da mesma cor e uma mesinha de centro com diversos objetos decorativos. Mais ao fundo, após uma porta com um belíssimo vitral em formato de pavão, havia um homem sentado defronte a um piano, de costas para Beatriz. Dali provinha a pouca luz que fracamente iluminava o ambiente, bem como o som de uma canção antiga em inglês, "Blue Eyes Crying in the Rain", tocada no piano e cantarolada pelo homem de voz grossa e aveludada. A beleza daquela música fez com que Beatriz parasse por alguns segundos para apreciar o momento único. Geralmente não se afeiçoava a seus clientes, mas aquele possuía um talento que a cativava – e não havia problema algum em apreciar por alguns segundos aquele talento. Lembrou-se das inúmeras vezes que ouviu essa música, mas registrou para si que aquela era provavelmente a melhor versão que já tinha ouvido. Lembrou-se também dos olhos azuis daquele homem e de como aquela música parecia ter sido escrita para ele – e para aquele momento em que ela estava ali, parada diante dele, ouvindo-o.

De repente voltou a si, girou nos seus calcanhares e subiu a escada. Precisava estar no quarto, e não ali, portanto tinha que chegar até o cômodo que realmente lhe interessava. Viu algo parecido com um bar, porém com três antigas televisões, da época em que elas ainda eram de tubo e possuíam uma qualidade muito ruim! Passou por outro cômodo, repleto de quadros nas paredes coloridas e uma enorme mesa de bilhar ao centro. Parou alguns instantes para admirar uma foto na parede: um dos rostos femininos mais lindos que já vira, com sua cabeça encostada na de uma criança. Ambas tinham um olhar ligeiramente infeliz, como se não suportassem o fardo de viver naquele mundo. Por fim, chegou ao quarto em questão. Não parou para analisar o ambiente, indo diretamente para a cama. Sentou-se, cruzou suas pernas, abriu sua pequena bolsa e retirou um espelho minúsculo. Olhou suas falsas madeixas loiras, arrumou-as suavemente, retirou um pequeno batom da bolsa e retocou aquele que já usava, deixando o contorno dos lábios mais nítido e com um tom avermelhado. Guardou tudo de volta em sua bolsa e murmurou para si:

– Agora é só esperar.

Esperar era algo que Beatriz sabia fazer muito bem. Seu trabalho exigia, além de bastante discrição, muita paciência. Tinha de lidar diariamente com pessoas muito ricas, quase sempre famosas, que tinham um ego quase tão grande quanto sua conta bancária. Assim, era comum que precisasse passar horas a fio somente aguardando o momento de seu cliente aparecer, ou mesmo esperando o instante certo para se revelar. Felizmente nesse caso – ou talvez por costume de sua rotina laboral –, o homem não tardou demais. Logo Beatriz ouviu seus passos em direção ao quarto. E mais brevemente ainda a porta se abriu, com o sujeito congelando em sua posição, mão na maçaneta e olhos firmes grudados em Beatriz. Com sua voz doce e firme, a mulher quebrou o gelo entre eles, com um inglês levemente americanizado:

– Boa noite, Sr. Elvis Presley. Meu nome é Beatriz e vim aqui para levá-lo para o futuro.

CAPÍTULO 1
MANHÃ DO DIA 15/07/2112
SÃO PAULO, BRASIL

O alarme tocou alto e incessante, retumbando por todo o quarto. Beatriz grunhiu, mas não foi o suficiente para que ele parasse. Teve que gritar "Já acordei!" para que a voz feminina da inteligência artificial da casa respondesse educadamente: "Ok. Mas sabe que se não se levantar em dez minutos, te acordarei novamente, não é?". Beatriz a xingou, jogou o cobertor para o lado e se levantou resmungando. Arrastou-se até o banheiro, onde se despiu e tomou um curto banho, a água na temperatura ideal para aquele dia frio de inverno. Saiu de toalha até seu closet, parando em frente à imensidão de roupas que tinha. Colocou uma calça jeans preta, trocou inúmeras vezes de blusa, optando finalmente por uma listrada em cinza e preto, com um sobretudo também preto e uma enorme echarpe vermelha com detalhes negros, complementando com sapatos de cano alto pretos de verniz. Parou por um momento em frente ao espelho, admirando-se.

– Atena, como estou?

– Está linda. A propósito, seu café já está pronto!

Atena era o programa de inteligência artificial de sua casa, mas também era uma de suas melhores amigas. Beatriz contava seu dia a Atena, elas discutiam livros, filmes, problemas, falavam de relacionamentos e amenidades. Além do mais, ela do mais, ela armazenava todas as preferências e gostos da dona da casa, recomendando receitas, armazenando programas de televisão, fazendo compras pela internet, gerenciando sua agenda e seus contatos telefônicos. Integrados a ela, havia inúmeros eletrodomésticos e recursos da casa, como a cafeteira embutida, o sistema de aspiração de pó e a galeria de arte digital, além da rede de segurança interna, que dispunha de um emaranhado de câmeras, microfones, sensores de presença e de movimento, todos ligados ao sistema da polícia 24 horas por dia, 7 dias por semana.

Beatriz retirou uma caneca com o café feito por Atena de um nicho na parede, cortou um pedaço de pão, espalhou manteiga sobre ele e aqueceu-o em um cooktop integrado a uma grande bancada, em uma cozinha americana contígua à sala. Comeu rapidamente, repassando com Atena a lista de coisas que tinha que fazer no dia, bem como os mantimentos que ela gostaria que o programa comprasse pela internet. Por fim, pegou sua bolsa, despediu-se de Atena e foi à garagem. O portão de saída abriu-se com a presença de Beatriz, que colocou seu polegar na maçaneta do carro – já devidamente carregado –, destrancando suas portas e sendo saudada com um "Bom dia, Beatriz" por uma voz masculina levemente mecanizada.

– Bom dia. Vamos para o trabalho, por favor.

Os motores ligaram-se e o carro partiu – sem a necessidade de a mulher dirigi-lo. O sistema era inteiramente autônomo, sendo capaz de trafegar pelo trânsito intenso da cidade, sem batidas, arranhões ou fechadas, buscando o trajeto com menos carros e de menor tempo – algo que era totalmente configurável pelo proprietário do veículo. Caso houvesse a intenção de dirigi-lo, pela razão que fosse, era necessário acioná-lo por meio de comando de voz ou digitação no painel central, existindo para tal fim dois pedais na parte inferior à frente do banco do motorista. Contudo, poucas pessoas sabiam dirigir – algo que Beatriz poderia dizer com orgulho que não somente sabia como também fazia com muita habilidade e destreza.

No trecho curto, porém demorado devido ao trânsito, até o escritório onde trabalhava, Beatriz aproveitou para ler em seu *e-reader* dois capítulos de um livro sobre pessoas que eram capazes de viajar no tempo de forma a minimizar o sofrimento humano. Parou quando o carro entrou no estacionamento do prédio onde trabalhava, marcando o ponto onde estava no livro para depois poder continuar sua leitura. Desligou o *e-reader*, acendeu a luz interna do carro, retirou um pequeno espelho e passou um batom rosa-claro enquanto seu carro estacionava na vaga reservada com seu nome.

– Tenha um ótimo dia, Beatriz – disse-lhe a voz mecanizada de seu automóvel.

Sem se dar ao trabalho de responder, ela pegou suas coisas, saiu do veículo e caminhou firmemente até a entrada. Passou pelo leitor de íris que lhe dava acesso ao prédio e subiu usando o pequeno elevador que chegava ao térreo. O saguão de entrada era imenso, com um pé-direito de cerca de cinco metros, de onde emergia uma iluminação clara bastante forte que refletia no piso cor de marfim impecável. A recepção abrigava quatro mulheres em uniforme dourado e branco, detrás de um balcão alvo. Atrás delas, um símbolo gigantesco em ouro maciço de um relógio de bolso estilizado em formato de infinito – um oito na horizontal. Em vez de ponteiros, uma lufada de areia percorria o caminho de um círculo ao outro, terminando por se dissipar ou – caso visto no sentido contrário – regressando ao outro círculo, em um giro infinito. Abaixo do logo, em letras modernas em ouro maciço, lia-se: DÉJÀ VU.

Beatriz passou pela recepção sem cumprimentar ninguém, parando brevemente para observar a vitrine da loja de joias que havia naquele andar. Interessou-se por um par de brincos de ouro, porém, como a loja só abria mais tarde, continuou seu caminho para o escritório. Novamente passou seu olho direito pelo leitor de íris, e em uma minitela ao lado lhe foi indicado o elevador B3. Entrou, mas, quando a porta estava se fechando, viu uma mão surgir no meio do vão, impedindo que ela se fechasse por completo.

– Bom dia! Mas que linda manhã de sol, não?

Beatriz respondeu somente com um sorriso de canto de boca. Luiz tinha a mesma posição que ela na empresa, junto a mais dois homens, Mário e Gabriel. Seu contato com os dois últimos era pequeno, pois eles pouco ficavam na empresa, aparecendo somente para reuniões importantes e permanecendo o resto do tempo fora do escritório. Contudo, com Luiz era diferente: ele parecia fazer questão de estar boa parte do tempo distribuindo sorrisos, bons-dias agradáveis e às vezes até pequenos presentes a todas as pessoas. Como era um moreno alto, que buscava sempre se vestir bem com ternos de grife, além de cuidar de sua aparência com uma dose excessiva de exercício físico, alimentação adequada, cremes e todo tipo de tratamento possível, era praticamente unânime sua popularidade entre todos da empresa, especialmente pela ala feminina. Beatriz, por outro lado, não suportava sua perfeição exacerbada, aliada à sua necessidade de se manter sempre em um estado de ausência de problemas e de alegria intensa. Para sua infelicidade, ele parecia tentar com ainda mais afinco trazê-la para seu "clube de fãs", como ela mesma denominava as pessoas que gostavam dele.

– Você vai participar do treinamento da Amanda sobre ética e princípios?

– Vou – respondeu ela.

– Sabe, acho bastante importantes esses treinamentos que a gente tem feito, você não acha?

– Aham.

– Mas vou confessar uma coisa: acho que ter treinamento toda quarta-feira tem sido um pouco demais, você não acha?

– Acho. – Dessa vez, pelo menos, estava sendo sincera.

– Quero dizer, é legal que a gente tenha essa reciclagem, mesmo que seja de coisas bem básicas e que já sabemos de cor e salteado, mas acho que não é necessário que aconteça toda semana. Poderia ser duas vezes, ou até uma vez por mês, quem sabe.

– É.

– Uma vez – sua voz baixou um pouco – comentei isso com a Rafaela do RH, como quem não quer nada, sabe?

Silêncio. Ele estava aguardando um questionamento ansioso sobre qual fora a resposta para seu grande comentário.

– E...?

– Ela fingiu que não me ouviu, acredita? Mudou de assunto e nunca mais voltou a falar sobre isso.

Beatriz discretamente revirou os olhos com desdém, aproveitando-se do fato de que o elevador havia chegado ao andar deles. Despediu-se apressadamente de Luiz e seguiu para a sua sala, sabendo que ele seguiria diretamente para a copa para tomar café. Atravessou a passos rápidos as Diretorias Comercial e Financeira, que ficavam antes de onde trabalhava. Cruzou com a sala de Luiz, ainda vazia. Passou pelas pequenas salas de Mário e Gabriel, praticamente sempre inabitadas. Até que chegou, enfim, a uma porta com os dizeres gravados:

BEATRIZ PRATA
AGENTE HISTÓRICA

Destrancou-a e arremessou com displicência sua bolsa em uma cadeira, sentindo-se confortável por estar ali. Apesar de decorada com bom gosto em cinza e dourado, com algumas obras de arte digitais e móveis modernos, o ambiente trazia um ar de desleixo elegante a quem entrasse. Um sofá cinza comprido em frente de uma enorme mesa negra parecia desaparecer devido ao porte da gigantesca cadeira central, toda dourada, feita em couro sintético, um item desproporcional ao ambiente, mas que era mantido devido ao fato de ser extremamente confortável. No lado direito, uma estante cobria toda a parede, contendo livros na parte de cima e uma infinidade de objetos nas partes inferiores, suvenires que Beatriz mantinha de suas viagens. Havia canecas, estátuas, chaveiros, um nanquim e uma pena, bonecas, brinquedos, fotografias 3x4, relógios, uma máquina de escrever, um mouse, flâmulas, bottoms e até um vinil do álbum *Abbey Road* dos Beatles, devidamente autografado por Paul McCartney.

– Vu, abra meus e-mails – disse, sentando-se na imensa cadeira dourada.

Vu era o programa de inteligência artificial da Déjà Vu, um dos mais sofisticados e seguros do mundo – apesar da clara limitação de criatividade para nomes por parte de seus criadores. O software projetou em uma finíssima camada semitransparente acima da mesa a tela com a caixa de e-mails de Beatriz. Ela foi passando os olhos pelos itens que ainda não haviam sido lidos.

– Spam... spam... agenda de treinamento... Vu, guardar "Agenda de Treinamento" na pasta RH. Mais um spam... Opa! Vu, abra o e-mail gerado pelo sistema com o título "Novo Serviço".

O e-mail continha apenas um breve resumo do serviço a ser efetuado e de seu contratante, além de um link como leitura obrigatória para maior conhecimento daquele que estava adquirindo os serviços. Beatriz parou seus olhos no nome que aparecia à sua frente e chacoalhou sua cabeça aflitivamente.

– Merda! Já estou com o serviço do Vargas, e agora esse. Este mês vai ser bastante puxado!

CAPÍTULO 2

MADRUGADA DO DIA 05/08/1954
RIO DE JANEIRO, BRASIL

— **Pois eu digo** que o Flamengo vai ser bicampeão! – o homem bradou com o copo no alto, o líquido amarelo dourado, com uma fina camada de espuma no topo dançando pelas paredes do copo, sem revirar uma gota sequer.

Ao terminar sua profecia, sorveu boa parte do líquido em largos goles. O homem atrás do balcão deu uma longa gargalhada, enquanto retirava a tampa de uma garrafa marrom.

– Isso só pode ser piada! O Flamengo não tá na crista da onda assim não, morô? Cês deram sorte com aquele Brujo lá, mas dessa vez vai ser do meu Vascão!

Os outros três homens que estavam defronte ao balcão do bar reclamaram em uníssono. Uma sequência de xingamentos ao clube cruz-maltino, ao clube rubro-negro, bem como àqueles que torciam por ambos os times e suas respectivas mães, foi proferida ao mesmo tempo, sem a necessidade de sua compreensão completa.

– Pois eu repito novamente – continuou o homem do copo agora já quase todo vazio – que o Mengão será o campeão deste ano. O Índio e o Dida vão deixar suas defesas "tudo torta"! O Garcia vai saltar igual a um gato, pegando tudo! Isso se o Servílio, o Dequinha, o Jordan e o Jadir deixarem passar. O Dr. Rubens e o Joel vão dar umas vinte canetas lá pela direita, enquanto o Benítez e o Evaristo vão marcar um gol por caneta. Ah, e sabe aquele ponta, o Zagallo? Vocês vão ter que engolir ele! – E terminou de beber todo o conteúdo do seu copo de uma vez só.

Uma nova enxurrada de impropérios foi proferida, novamente sem a necessidade de distinção das palavras ditas.

– Pois eu digo que o Fluminense é que vai erguer essa taça. A gente quase levantou o caneco este ano e desta vez a gente leva pra casa! – gritou um terceiro homem, quando a chuva de palavrões começava a secar.

– Que Fluminense o quê! É o Fogão que vai levar essa. A gente já ganhou o Quadrangular este ano e vamos levar todo o resto! O Dino vai passar o carro em todos vocês. Deixar a galera assustada com tanto gol.

– O Dino é um bosta, isso sim. O Mengão é que tem os jogadores mais assustador de torcida! Assim, no plural mesmo, que é para eles parecerem ainda mais assustadores, e não com "outros jogadorzinho qualquer", não. – E gargalhou.

Nesse momento, todos ao mesmo tempo começaram a defender seus times e a xingar os times alheios, em uma conversa ininteligivelmente bêbada. À medida que as palavras eram despejadas, os copos eram esvaziados, sendo repostos imediatamente a cada garrafa marrom que aparecia aberta no balcão.

– Olha, o papo tá bom, mas eu preciso ir. – Era o flamenguista, agora menos acalorado. – A patroa tá me esperando e ainda quero pegar ela acordada. Seu Manoel, quanto é que deu aqui?

Após a resposta do dono do bar, o homem retirou um bolo de cédulas amassadas do bolso, contou algumas e as bateu no balcão, fazendo um aceno de despedida a todos. Desceu os dois degraus da entrada do bar com dificuldade, tropeçando enquanto o mundo girava lentamente ao seu redor. Caminhava com ainda mais dificuldade devido ao fato de a rua estar com uma iluminação bastante fraca, praticamente na completa penumbra.

Sentiu seu estômago revirar, reclamando contra o excesso de líquido alcóolico e a falta de alimentos sólidos. Parou, escorou-se em um poste, permitindo que o corpo pudesse focar em expelir seus gases pela boca, com um discreto e rápido som. Arroto dado, continuou sua caminhada ziguezagueante por mais alguns longos metros, lutando ora para se manter em linha reta, ora para empurrar de volta ao estômago o líquido que insistia em tentar sair.

Por fim, foi nocauteado: desviou seu caminho para detrás de uma árvore, em frente a uma casa com péssima iluminação, assim como toda a rua. Encostou o corpo no tronco e ergueu os olhos para identificar se havia alguém próximo: ao longe, um carro parado totalmente imerso pela escuridão, e mais próximo, outro carro deixava os passageiros em casa. Apesar de relativamente perto, a penumbra fazia com que a única coisa que pudesse ser vista fosse a placa com o número 180 acima das cabeças das pessoas. Satisfeito com a localização – e já sem conseguir segurar –, deixou sua cabeça inclinar-se para baixo, regurgitando todo o líquido que nas últimas horas havia fruído com imponderação e deleite. Mentalmente, acometia-lhe a frase "Preciso parar de beber", mentira deslavada que somente nesse estado era capaz de se propor.

De repente, seu corpo foi chacoalhado por inteiro: ouviu o som de tiros! No plural, para que fossem ainda mais assustadores e não parecessem com um estalido qualquer. Tiros! E pela altura dos estampidos, vinham de relativamente perto de onde o homem estava. Limpou sua boca com a parte de trás do antebraço e começou a caminhar firmemente, porém com toda a atenção possível, em direção aos disparos. A escuridão lhe dava o conforto de praticamente não poder ser visto, e a adrenalina, a coragem necessária para investigar – além da cura instantânea para a bebedeira.

Esgueirou-se atrás de alguns arbustos, bem próximo da famigerada placa com o número 180. Logo abaixo da mesma, um homem parecia ter sido atingido por um tiro no pé, pois se escorava com dificuldade na parede com a mão esquerda. Com a mão direita, segurava o que aparentava ser uma pistola. Logo à sua frente, um segundo homem de terno cinza e "jaquetão abotoado", enquanto um terceiro jazia imóvel no chão. Nesse ínterim, ouviu-se um "Parado aí!" que o fez congelar. Um guarda municipal chegou correndo bem próximo em direção ao grupo, fazendo o estranho do "jaquetão abotoado" sair em disparada. O guarda o seguiu com velocidade, e alguns segundos depois outro tiro foi ouvido. Diante do som ensurdecedor da arma de fogo, o bêbado (agora já totalmente sóbrio) encolheu-se ainda mais, virando o rosto para que ninguém pudesse vê-lo ali, tão próximo da cena do crime. Ouviu o barulho de um carro cantando pneus e saindo em disparada, mas ali continuou agachado e encolhido, o medo já tendo dominado qualquer resquício de coragem.

Aos poucos, o zumbido do estalido dava lugar ao silêncio da rua naquela madrugada, entrecortado pelos diálogos difusos e distantes sobre o ocorrido. Sem qualquer ímpeto de ajudar aqueles homens feridos, mas sim de salvar a sua própria pele, o bêbado acocorado sacudiu o medo de seus músculos retesados, levantou-se devagar, observando se podia fazê-lo em segurança, e fez aquilo que seus instintos mandavam: desatou a correr para longe dali. Já conseguia manter uma linha reta, mas, sinceramente, já não se importava mais com isso. Dobrou uma esquina à esquerda, continuou um pouco mais e dobrou outra esquina, dessa vez à direita. Parou um momento para respirar, pois sua forma física não lhe permitia fugir de cenas de crime com tanto afinco assim. Andou para os lados, pensando no que deveria fazer.

– Preciso avisar a polícia – falou seu "eu" que era um bom cidadão.

– Mas a polícia já está lá, eu vi o guarda gritar e correr – retrucou o seu "eu" malandro.

– Mas eu ouvi o tiro, vai que o guarda foi atingido. É, preciso avisar a polícia. – O bom cidadão venceu a batalha sobre o malandro, talvez porque o álcool já havia sido expelido da corrente sanguínea pela adrenalina.

Girou nos seus calcanhares e avistou um orelhão ao longe. Correu até ele, retirou o telefone do gancho e parou, sem ter a mínima ideia de qual era o número da polícia. Por sorte, viu no orelhão uma nota contendo telefones úteis, onde estava registrado o número a ser discado. Teclou rapidamente e aguardou até que uma voz feminina atendesse do outro lado da linha.

– Polícia Militar do Estado do Rio de Janeiro, boa noite.

– Eu queria reportar um crime que aconteceu aqui. Foram vários tiros e acho que tem umas três pessoas feridas.

– As palavras saíram todas atropeladas, mas foram o suficiente para que a interlocutora compreendesse o recado.

– Calma, senhor. Preciso que você me diga primeiramente se o senhor também está ferido.

– Não, eu tô bem, mas tem uns três homens que tão machucados. Tem um deles que estava no chão estendido, um outro que tá com o pé ferido. E acho que um guarda foi atingido também.

– Tudo bem, senhor, compreendi. Poderia me dizer qual foi o endereço da ocorrência?

– Foi no número 180, tenho certeza. A rua... – O homem hesitou, forçando para lembrar o nome daquela rua. Por sorte, a mesma fazia parte de seu caminho diário de volta para casa, portanto conseguiu se recordar. – A rua é a Toneleros! Rua Toneleros, número 180! – Assim, no plural, para ser ainda mais impactante e não se parecer com outra rua qualquer.

CAPÍTULO 3
TARDE DO DIA 15/07/2112
SÃO PAULO, BRASIL

Beatriz deu um longo e silencioso bocejo, encoberto pela sua mão direita, em uma tentativa de ocultar seu tédio. Havia sentado há poucos minutos no centro de treinamento da Déjà Vu, mas sua mente rapidamente já havia voado para outro lugar. Pensava no serviço que teria que fazer, bem como em toda a dificuldade que provavelmente enfrentaria. Não havia recebido maiores detalhes sobre o mesmo, porém já encenava mentalmente o que faria e como seria.

– Bom dia a todos.

Era Amanda, a treinadora, acordando Beatriz de seu sonho e já a mergulhando em um estado de tédio ainda maior. Amanda, uma mulher baixinha, com óculos miúdos e cabelos curtinhos, era uma pessoa com um conhecimento muito vasto da empresa, bem como de todos os detalhes do serviço que eles prestavam. Contudo, sua expertise era inversamente proporcional à sua capacidade de prender a atenção do público. Falava devagar demais, de maneira excessivamente técnica e descritiva, fazendo reverberar bocejos ao longo de toda a sala.

– Como vocês sabem, hoje falaremos sobre todas as implicações da Regra Número 1: "Não contratar serviços para terceiros". Essa é a pedra basilar de nossa empresa, na qual todo o nosso trabalho se sustenta. No entanto, antes de falar da Regra Número 1, é necessário voltar no tempo, compreendendo como e por que a Déjà Vu surgiu.

Beatriz revirou os olhos e soltou seus ombros. *Não acredito que ela vai falar de todo o surgimento da Déjà Vu,* pensou. *Isso vai levar horas!*

– Não sei se todos vocês sabem, mas a Déjà Vu surgiu em meados de 2097, aqui em São Paulo, com o monopólio de um produto: a viagem no tempo. Sua criação aconteceu quando a tecnologia de viagem no tempo foi inventada acidentalmente por Rodolfo Fentz – Amanda apontou para um retrato digital na parede de seu lado esquerdo –, sócio-fundador da empresa e diretor-presidente, e Felipe Santos – seu dedo passou para o segundo retrato digital, ao lado do primeiro –, cofundador e diretor financeiro da Déjà Vu, além de melhor amigo de Rodolfo. A primeira coisa que os dois fizeram foi conseguir as patentes mundiais dessa tecnologia, evitando, assim, problemas legais em quaisquer países. Feito isso, Rodolfo e Felipe decidiram inicialmente oferecer às pessoas a possibilidade de regressar ao passado para corrigir erros, mudar acontecimentos, salvar parentes e ter segundas chances. Entretanto, fazer pessoas saltarem no tempo gerava um "caos temporal", um conceito muito importante que todos vocês têm que ter na ponta da língua. Alguém aqui sabe me dizer o que é o "caos temporal"?

Silêncio.

– O "caos temporal" é uma sucessão de eventos que poderia deixar de ou passar a existir na realidade paralela em que a pessoa viria a habitar, consequentemente influenciando os acontecimentos subsequentes. Alguém pode me dar um exemplo?

Silêncio.

– Bom, eu mesma vou dar um exemplo: vamos supor que o Luiz – Beatriz resmungou mentalmente – tenha uma esposa que faleceu em um acidente de carro dois anos atrás. Sentindo muita falta dela, ele contrataria esses serviços da Déjà Vu *que não existem mais,* lembrem-se, para regressar ao passado e evitar que ela estivesse naquele local do acidente. Ao fazer isso, uma realidade paralela seria criada, evitando assim o paradoxo da causa e efeito em que Luiz não precisaria voltar ao passado, pois a esposa dele não haveria morrido; mas, devido à salvação da mulher, uma sucessão de eventos insanos poderia acontecer, afetando seriamente o presente e o futuro. Sua mulher poderia terminar com ele, que ficaria arrasado e terminaria cometendo suicídio, apenas para encurtar a história.

Beatriz sorriu de canto de boca com o fato de Luiz não se dar bem nessa realidade paralela.

– Visando mitigar esses problemas, a dupla financiou inúmeras pesquisas, descobrindo primeiramente que esse caos era relativamente controlado pelo próprio curso natural da história, com impactos somente em cerca de dez anos após o ano em questão. Além do mais, foi descoberto que o efeito no tempo era menor caso não houvesse uma drástica alteração no mesmo, como salvar uma pessoa da morte, e também se a pessoa em questão viajasse *do passado para o futuro,* e não o contrário, eliminando uma sucessão de paradoxos que poderia acontecer. Além do mais, quanto mais distante do presente estivesse a mudança a ser perpetrada, menor seria o impacto no curso da história. Então, Rodolfo e Felipe decidiram oferecer a possibilidade de as pessoas poderem viajar no tempo com um único propósito. Alguém sabe qual é?

Silêncio.

– Muito bem, o propósito é aquilo que nós fazemos até hoje para nossos clientes: *fazê-los desaparecer para sempre de suas próprias vidas*. Para tal, a Déjà Vu forja a morte ou o desaparecimento de nosso cliente, fornecendo-lhe uma história de desaparecimento, que por vezes é complexa e intrincada, por outras totalmente simples e objetiva, dependendo do grau de complexidade das relações pessoais do contratante. Essa pessoa é levada ao futuro (e sempre ao futuro, evitando mais paradoxos com o regresso ao passado, como encontrar a si próprio mais novo), e então lhe é concedida uma nova identidade, e consequentemente uma nova vida. Somado a isso, a empresa conseguiu minimizar ainda mais o caos temporal por meio da criação de uma rígida análise de cada contratante e posterior solidificação histórica. Para fazer isso, a Déjà Vu foi setorizada em regiões (Américas, Europa, Oriente Médio-África e Ásia-Oceania), e foram estruturados os Departamentos de Pesquisa Histórica, que visam compreender em detalhes cada década para uma completa adequação do viajante do tempo, criando histórias, fatos e acontecimentos. Com isso, o nosso cliente consegue vida eterna, certo?

Silêncio.

– Certo?

Silêncio.

– Errado. Não há de forma alguma a promessa de vida eterna, afinal a morte acontecerá no presente, passado ou futuro. Não há como fugirmos da morte, infelizmente. Por outro lado, o que oferecemos é uma fuga consciente da realidade atual, por quaisquer que forem os motivos (que nunca são questionados, vale lembrar!). Essa fórmula se mostrou bem-sucedida rapidamente, com a aceitação não apenas de pessoas comuns, mas especialmente da parcela "famosa" da sociedade, que às vezes tem como única opção desaparecer para ter de volta sua vida social normal de outrora.

Amanda parou e deu três longos goles de água. Beatriz aproveitou para deixar seus olhos se fecharem por alguns segundos – vinha lutando contra isso nos últimos minutos.

– No entanto, nos primeiros anos dessa fórmula, a Déjà Vu teve um problema gigantesco, que quase quebrou a empresa. Alguém sabe o que foi?

Silêncio.

– O *câmbio* ao longo da história. A volatilidade das moedas mundiais com as quais seus clientes faziam seus pagamentos era impossível de ser vencida, corroendo o capital da empresa. Cem mil dólares na época de Kennedy era uma fortuna gigantesca, enquanto para nós hoje é relativamente pouco. Isso para não falar da infinidade de moedas que vários países, como o Brasil, tiveram, o que dificultava ainda mais qualquer pagamento. Até que Felipe Santos teve a ideia que colocou a empresa na lista das dez maiores do mundo: todo seu capital seria convertido em *barras de ouro*.

Amanda parou por alguns segundos para apreciar o som de suas próprias palavras.

– Dessa forma, independentemente da moeda a ser utilizada, o preço a ser estipulado seria sempre em ouro, a ser comprado logo após o pagamento efetuado pelo cliente em sua moeda local. Por exemplo, se Kurt Cobain fosse nos pagar em 1994, ele o faria em dólar, que seria utilizado para comprar ouro naquele mesmo ano, sendo enviado depois para o nosso tempo atual. Para facilitar essas transações, um banco foi criado, o DV International Bank, que, como vocês devem saber, é a única empresa do grupo com sede em Zurique em vez de na cidade de São Paulo. O DV Bank foi fundado oficialmente em 1900, o que restringe a contratação de serviços do século XX em diante, sobrevivendo a todas as grandes crises econômicas da história, da Quebra da Bolsa em 1929 à Crise Energética de 2057. Sua reserva atual de ouro é uma das maiores do mundo, superior à de todo o continente africano. Alguém sabe me dizer por que essa reserva é tão grande?

Pela primeira vez o silêncio não foi a resposta.

– Porque a gente vende bastante? – respondeu um jovem com cabelo longo e ainda algumas espinhas no rosto. Algumas pessoas deram uma risada baixa, porém rapidamente sufocada pela voz de Amanda, que claramente não viu graça na resposta.

– Não. Por conta da grande *especulação* do ouro feita ao longo de mais de duzentos anos de história do banco. Com o poder de fazer o dinheiro viajar no tempo, pagamentos em moedas de longa data como o dólar e o iene poderiam transitar de volta ao início do século XX, adquirindo somas vultosas de ouro, que seriam remetidas de volta ao século XXII por um valor até cem vezes maior. Na prática, era possível comprar ouro a menos de cem dólares a onça na época de Kennedy, enviando este mesmo ouro para 2112, quando ele valia dez mil a onça. Além do mais, cada remessa efetuada tem o poder de valorizar ainda mais o metal, pois ela gera maior escassez no passado e consequentemente maior concentração em posse do DV Bank no futuro. É um negócio perfeito! Para tentar minimizar o efeito da escassez e concentração de ouro hoje em dia, Rodolfo e Felipe criaram a DV Mineradora S.A., redirecionando todo o ouro encontrado para instituições de caridade mundo afora. Além do mais, recentemente foi criada a DV Luxo, braço da Déjà Vu que fabrica e vende joias, como as da loja que temos no térreo. Mas tudo isso só continua dando certo graças a uma coisa... e espero que todos estejam acordados para ouvir isso.

Beatriz levantou rapidamente sua cabeça. Tinha dormido completamente e poderia jurar que Amanda falara aquilo olhando para ela.

– Aqui no primeiro andar trabalham as pessoas que fazem isso dar certo: o Departamento de Pesquisa Histórica. Divididos em onze décadas, de 1900 a 2000 (e vale lembrar que, por política da Déjà Vu, os cem anos anteriores à data atual são imutáveis, devido ao "caos temporal"). Esse brilhante time é responsável por dissecar todos os fatos históricos referentes a cada cliente nosso, além de prever e trabalhar todas as implicações que o sumiço do contratante pode gerar naquele tempo. Eles têm, inclusive, o poder de vetar a contratação de qualquer cliente, caso o mesmo possa gerar um impacto histórico muito grande. Na prática, essa equipe literalmente colabora com a história.

Amanda parou para fruir a constatação que ela mesma havia feito.

– E isso nos leva ao tema desse treinamento: a Regra Número 1. Alguém aqui pode me dizer qual é a Regra Número 1?

Em um coro desmotivado e em voz baixa, todos os presentes repetiram:

Não contratar serviços para terceiros.

– Muito bem. E essa é a Regra Número 1, pois ela é essencial para que nosso serviço seja lícito e coerente com seu propósito. Afinal, se você nos contrata para desaparecer com alguém que não seja você mesmo, você está nos contratando para cometer um sequestro. E isso nós nunca faremos! Assim, um dos inúmeros trabalhos do Departamento de Pesquisa Histórica é avaliar que cada contratante esteja cumprindo com a Regra Número 1, ou seja, que não se trate de uma contratação para terceiros.

Pela primeira vez alguém da sala fez uma pergunta, algo que encheu Amanda de orgulho:

– Mas como eles fazem isso, sendo que eles estão aqui no nosso tempo e não veem o momento da assinatura do contrato? Isso não deveria ser feito pelos Agentes de Contratação?

– Ótima pergunta! De fato, os Agentes de Contratação são também grandes responsáveis pelo cumprimento da Regra Número 1, pois são eles quem coletam a assinatura do contratante no passado. Contudo, todo e cada contrato assinado pela Déjà Vu é enviado para os tempos atuais diretamente ao Departamento de Pesquisa Histórica, de forma que eles possam analisar se aquela pessoa realmente é ela mesma e se sua assinatura confere com a base de dados histórica. Temos inclusive um software, o Firma, que é capaz de analisar a assinatura do contrato e dizer se ela é verdadeira ou não.

– Mas o que garante que o documento não seja hackeado ao longo do tempo e forjado? – Era ainda o mesmo intrépido perguntador.

– Os melhores profissionais de segurança da informação do mundo. – A resposta não veio de Amanda, mas sim de um homem de cabelos bagunçados sentado ao lado de Beatriz, o que arrancou um expressivo sorriso de Amanda, deleitada com o mais longo debate já promovido em um treinamento seu.

– Ele tem toda a razão. Para isso temos uma robusta área de Tecnologia e Segurança da Informação, não só com os melhores profissionais do mundo, mas também com tudo o que há de mais moderno em termos de tecnologia de segurança nesse ramo. Por exemplo, nossos servidores são...

Nesse momento, o celular do homem de cabelos desajeitados sentado ao lado de Beatriz vibrou intensamente. Ele retirou-o do bolso para ler a frase: "Adoro quando você finge ser competente". Olhou para seu lado e encontrou com o sorriso de Beatriz, confirmando que ela havia sido a remetente. Rapidamente a mensagem foi respondida, agora com os dizeres: "Outra mensagem dessa e hackeio seu sistema para você ir para o Terceiro Reich no seu próximo serviço. Sem volta". A resposta veio rápida: "Pelo menos não sou circuncidada como você". Na tela do celular de Beatriz apareceu um emoticon de uma mão desenhada, com o dedo do meio em riste. A mulher riu e retrucou: "Jantar hoje na minha casa? Traga o vinho". A resposta voltou rápida, em caixa alta: "NÃO. Ainda sofro com seu último jantar. Eu levo a comida, e você, o vinho. Chego às 20h".

CAPÍTULO 4

NOITE DO DIA 01/08/1954
RIO DE JANEIRO, BRASIL

O barulho das teclas da Olivetti Lettera 22 sendo praticamente espancadas rimbombava pelo minúsculo cubículo. O lugar fedia a cigarro Camel, mofo e urina. O pequeno banheiro, com uma latrina suja e sem assento, não tinha porta, deixando sair seu odor para todo o cômodo. As paredes estavam todas escondidas por altas estantes, que subiam até o teto, todas elas recheadas com livros sobre os mais variados assuntos, de direito a música. A luz era amarela, quase laranja, forte o suficiente para iluminar toda a escrivaninha que havia defronte a uma das estantes – e nada mais do que isso. O ar era grosso de tanta fumaça que não tinha para onde sair, pois não havia janelas em lugar algum.

Nessa pocilga, os dedos enfurecidos do homem só paravam de socar as teclas da máquina de escrever para sorver o uísque do copo ao seu lado, seguido de uma ou duas tragadas do cigarro que queimava lentamente no cinzeiro próximo ao copo. A vida daquele homem era teclar copiosamente enquanto se matava lentamente com doses altíssimas de nicotina e álcool: era um agente de contratação. Quando entrou para o serviço, acreditou que teria uma profissão regada a glamour e falta de rotina. "Você será o responsável pela contratação dos nossos serviços de viagem", disseram-lhe ao fazerem a oferta final do emprego. De fato, inicialmente o mundo novo que se abria diante de seus olhos era fascinante. Participou de um longo treinamento sobre viagem no tempo, suas implicações, as regras de contratação da empresa, além de palestras motivacionais sobre como eles teriam a chance de encontrar personalidades cruciais da história, presidentes, artistas, líderes religiosos, entre outros. Era o emprego dos sonhos, e justamente por isso não havia problema algum em ele ser vitalício.

O sonho rapidamente se desfez em uma nuvem de cigarro Camel. Em doze anos de trabalho, nunca havia encontrado grandes personagens, restringindo-se a alguns pequenos figurões, bandidos, jogadores do bicho e outra sorte de pessoas não interessantes. A maior parte do tempo passava redigindo textos e pesquisas solicitados pelo distante e futurístico "Departamento de Pesquisa Histórica", quase sempre sobre assuntos tediosos. Longas dissertações sobre moda, estilo, tendência, marcas de diferentes tipos de produtos, gírias, preferências, gostos e desgostos. Considerava-se um "historiador da rotina", inebriado pela sua própria, que sufocava paulatinamente cada minuto de sua vida.

Hoje seu sonho era um sítio no interior. Nada grande nem suntuoso. Um pedacinho de terra pequeno, onde fosse possível criar algumas galinhas. Haveria também uma plantação de diversos tipos de hortaliças, alguns legumes e – se houvesse espaço para tal – um pequeno pomar com morangos. Acordaria bem cedo para carpir, plantar, colher, lavrar, e dormiria bem cedo, após tomar um copo de uísque na varanda, ao lado de seu cachorro, observando a lua. Juntava todo o pouco dinheiro que ganhava para um dia conseguir transformar esse desejo em realidade, mas o salário apertado e a situação econômica da época não lhe permitiam mais do que somente sonhar.

Assim, esmurrava as teclas da máquina de datilografar. Se não podia fazê-lo na cara daquele que o contratara, recitando seu discurso de excelência daquele emprego, então pelo menos podia acertar as letras da Olivetti. O "A" era o rosto de sua treinadora de integração, o "G", do time inteiro do Departamento de Pesquisa Histórica, rostos estes que ele nunca vira, mas que teria o maior prazer em desfigurar. Bebeu o último gole de seu uísque e resmungou que teria que se mexer para encher o copo novamente. De qualquer forma, pegou a garrafa que ficava bem ao seu lado e começou a deixar cair o líquido lentamente. De repente uma forte batida na porta assustou o homem, que derrubou parte do uísque em sua mesa. Soltou um palavrão, que foi respondido com uma nova batida à porta, dessa vez com mais força.

– Já vou, já vou! – gritou de forma estridente. Seguiu-se mais um palavrão, bem baixinho, praticamente para si mesmo.

Desistiu de limpar o uísque derrubado e levantou-se para checar quem o incomodava a essa hora. Ao abrir a porta, congelou.

– Boa noite! Será que posso entrar?

À sua frente estava ninguém mais ninguém menos do que o presidente do Brasil, Getúlio Dornelles Vargas. Gordo e baixinho, com sua testa calva brilhando à luz da lâmpada do pequeno corredor de entrada, seu terno impecável e seu ar de autoridade que emanava sobre qualquer um que o via. Rapidamente o agente saltou para o lado, permitindo que o

Senhor Excelentíssimo Presidente pudesse adentrar o fétido recinto. Vindo logo atrás, um homem alto, negro, com um terno não tão impecável quanto o de seu chefe e um suntuoso chapéu panamá.

– Por favor, sentem-se, sentem-se! – disse o nervosíssimo anfitrião, pegando duas cadeiras que estavam do outro lado do cômodo. – Desejam um copo de uísque?

Getúlio passou seus olhos longamente pelo recinto. Observou a ausência de porta no banheiro, o cheiro intragável no ar, a sujeira presente em cada detalhe. Parou a atenção por algum tempo sobre os livros expostos nas estantes, terminando seu olhar no copo engordurado e na poça de uísque sobre a mesa da escrivaninha onde o homem se encostava. Mexeu discretamente seus músculos faciais em uma expressão de asco e desdém.

– Não, obrigado.

Em contrapartida, abriu o botão de seu paletó e sentou-se. Seu guarda não o imitou, permanecendo em pé atrás de seu protegido. O presidente retirou de dentro do paletó uma pequena caixinha de madeira com a sigla GV incrustada. Abriu-a e retirou um charuto Mil e Uma Noites. Sem pressa alguma, cortou a sua ponta, acendeu um fósforo e foi tragando até que a chama já estivesse permanentemente em seu fumo. Fruiu alguns segundos o sabor da fumaça, fazendo o estômago do agente ferver cada vez mais, sendo frito pelo nervosismo que o acometia.

– Qual é o nome do senhor? – quebrou o silêncio, por fim, o presidente.

– Ah, sim! Sou Dirceu Ramos, agente de contratação da Déjà Vu. Em que posso ajudá-lo, Sr. Presidente?

– Agente de contratação? – Riu e olhou para o homem negro atrás de si. – Mas que cargo mais interessante. Posso saber o que exatamente o senhor e a sua empresa fazem?

– Bom, a Déjà Vu é uma empresa literalmente do futuro. – Sorriu nervosamente. – Nossa missão é oferecer um serviço de transporte de qualquer ponto do passado para qualquer ponto do futuro, logicamente com a *máxima discrição possível* – salientou as três últimas palavras, sabendo que a discrição era tamanha que às vezes nem mesmo ele seria capaz de dizer para qual ano seus clientes eram transportados.

O homem à sua frente tragou longamente seu charuto, inclinou-se de leve para a frente e expeliu devagar a fumaça de seus pulmões em direção ao seu interlocutor.

– Caro Dirceu, um homem de minha estirpe não sai de seus aposentos para vir para este... – olhou em volta procurando a pior palavra que poderia encontrar para descrever aquele lugar – *cortiço* sem no mínimo ter essas informações básicas que você acabou de bem porcamente me dizer. Veja bem, acho que o senhor consegue me responder *muito* mais do que isso, não?

Dirceu mostrou os dentes estragados para o presidente, quase como um pedido de desculpas por não saber como agir naquele momento. Havia sido treinado, mas a prática é exímia em apagar ensinamentos teóricos. Tentou buscar as palavras de sua treinadora de integração, mas ela o parecia punir por esmurrá-la tantas vezes em sua máquina de escrever. Por fim, levantou-se. Foi até a prateleira de livros ao lado do chefe de Estado. Sentia os olhos daqueles homens escrutinarem suas costas. Os seus olhos passavam rapidamente pela estante, até que achou uma, duas, três apostilas finas. Sentou-se velozmente e jogou as apostilas, uma a uma, na mesa.

– Aqui estão. Entendo que o senhor deve ter chegado até nós por intermédio de alguém e que já deve conhecer nossos serviços e saber muito bem o que quer. Então, na sua frente está aquilo que posso lhe oferecer. Caso tenha interesse, as apostilas possuem toda a informação de que precisa, sendo que no momento tenho três opções disponíveis para o senhor escolher.

O presidente esticou seu braço para pegar o material deixado à sua frente; contudo, rapidamente o agente de contratação o impediu, bloqueando a passagem com sua mão direita. O homem de pé levou sua mão à cintura, preparando-se para qualquer agitação maior.

– Acalme-se, Sr. Presidente. Quero que saiba que nossos serviços não são baratos. E, principalmente, que não aceitamos devolução. – Deixou-se novamente sorrir, dessa vez satisfeito por ter retomado o controle.

– A história os remunerará muito bem, caro Dirceu.

– Com certeza. A história e uma maleta com um milhão de cruzeiros. Ah, e essas apostilas não podem sair daqui, por motivos de segurança. O senhor entende, obviamente.

Seus dentes amarelos agora resplandeciam como ouro quando abriu espaço para o presidente pegar as apostilas. Getúlio avaliou uma a uma, sem nem mesmo retirá-las da mesa. Por fim, levantou-se, abotoou seu paletó e apontou com o dedo gordo para um dos cadernos que acabara de ler.

– Pois bem, este será, Sr. Presidente. Vou redigir os termos do contrato. Peço que entre em contato comigo amanhã mesmo. Em breve, tudo já estará concluído e o senhor será mais um cliente satisfeito! Antes, contudo, preciso ressaltar que é necessária sua mais plena certeza quanto aos nossos serviços. Não podemos seguir adiante sem lembrá-lo de que, uma vez executados, não há mais como voltar atrás, Sr. Presidente. O senhor tem certeza do que está fazendo? Tem certeza de que não quer olhar novamente as apostilas, revisar as opções?

– Caro Dirceu, quem não aguenta o trote não monta o burro.

E, com um sorriso no rosto, o homem mais importante do Brasil naquele momento retirou-se do recinto, junto de seu fiel escudeiro. Ao vê-lo sair, Dirceu deixou-se largar na cadeira, seus ombros sentindo a pressão daquela reunião. Passara sua carreira inteira esperando por aquele momento, e, quando o mesmo viera, tudo o que mais queria era não o ter presenciado nunca na vida. Achou seu copo de uísque ainda cheio na mesa e virou-o de um gole só. Encheu-o novamente e buscou a imagem de umas galinhas ciscando alegremente em um pequeno pedacinho de terra, que podia chamá-lo de seu. Sorriu radiante.

– Pode deixar, que esperei minha vida inteira para montar nesse burro, Sr. Presidente...

CAPÍTULO 5
NOITE DO DIA 15/07/2112
SÃO PAULO, BRASIL

– **Primeira viagem à Lua.** "Um pequeno passo para o homem, mas um grande salto para a humanidade."

– De jeito nenhum! Além do que, seria insano te mandar diretamente para a Lua, então você teria que aguentar toda a viagem na Apolo 11...

– Eu aguentaria!

– ... escondida em algum lugar! Ou você acha mesmo que a Nasa iria ficar tranquila com você aparecendo do nada no meio dos três astronautas em um foguete de sei lá quantos bilhões de dólares?

Beatriz sorriu e deu um longo gole de seu vinho. Escolheu uma castanha de caju do pote à sua frente, sem pressa alguma.

– Tá bom, e você? Se pudesse viajar para qualquer momento do passado, iria para qual, então, sabichão?

– Essa é muito fácil: 25 de maio de 1977.

Beatriz franziu o cenho. O homem fez uma cara de quem esperava por uma tentativa de descobrir a razão da data.

– Não tenho ideia. Sei lá, invenção do computador?

– Não! Você acha que eu sou monotemático e só gosto de computadores, né?

– Você trabalha com isso o dia inteiro... – E deu um novo gole de vinho.

– Dia do lançamento de *Star Wars*.

Beatriz deu uma sonora gargalhada.

– Sério, Thiago? De todos os eventos históricos, o que mais te interessa é o lançamento de um filme?

– Ah, mas esse não é qualquer filme. Esse dia é o marco do momento em que o cinema foi alterado para sempre e nunca mais foi o mesmo! É uma revolução cinematográfica, muito maior do que os filmes que exalam cheiro da década de 2050.

– Isso é ridículo e você sabe disso.

Beatriz sorriu, enquanto o homem continuava a falar sobre Império, Força e outras coisas às quais ela não prestou atenção. Fazia quase três anos que os dois se viam e vinham se dando muito bem desde o primeiro dia em que se beijaram. Thiago era divertido, carinhoso, atencioso, uma ótima pessoa e ainda sabia conversar como ninguém. Eles mantinham longos diálogos sobre praticamente qualquer tema – apesar de incorrerem com frequência no tópico "trabalho". Isso, obviamente, sempre após momentos de sexo, vinho e comida. Era uma relação de cumplicidade e diversão, sem a necessidade de rótulos sobre si mesmos – tópico no qual eles raramente incorriam.

Os dois, em seus trajes íntimos, caminharam conversando do quarto para a sala. Beatriz sentou-se no balcão da cozinha americana, enquanto Thiago foi para a cozinha ajeitar a comida que havia trazido – salada verde com tomates, legumes, palmito, cuscuz e tiras de filé mignon grelhado, com chia, linhaça e gergelim torrado salpicados, tudo coberto por um molho rosé perfeito. Beatriz solicitou à Atena que lhes abrisse outra garrafa de vinho. A inteligência artificial prontamente lhe atendeu, com um discreto apito de uma miniadega anexa à parede da cozinha americana.

– Pois bem, se esse filme é mesmo tudo isso que você está falando, por que você não dá um jeito de voltar a 1977 e assistir à primeira sessão dele? Tenho certeza de que o impacto histórico disso seria mínimo.

– Ora, Beatriz, você sabe muito bem que não é assim que funciona na Déjà Vu. Por mais que eu tenha acesso para configurar o sistema para uma data, eu primeiro precisaria de um celular temporal...

– Você poderia pegar o meu! – disse, colocando vinho na taça de Thiago.

– Ok... – Alongou cada som da palavra, estruturando seu raciocínio enquanto isso. – Assumindo que a gente cometesse essa infração, o que por si só já seria passível de demissão, como eu conseguiria um contrato para a exata data do filme?

– Você é o cara que faz isso no sistema, Thiago! É justamente você quem cria todos aqueles dados malucos, não é?

– Os "dados de tráfego temporal"... Sim, sim, sou eu quem programo isso no sistema. Então vamos assumir que a gente cometesse mais essa infração (o que talvez já nos rendesse também uma cadeia, além de perder nossos empregos). Há mais um pequeno problema e você sabe muito bem disso: eu teria que trazer de volta para o futuro alguém do passado. Não dá para só ir lá viajar, como se eu estivesse pegando um avião para a Europa. Aqui, sua salada.

– Obrigada. E se você trouxesse algum objeto grande, tipo uma geladeira, para o futuro? Sabe, eu sempre me perguntei como o sistema faz para identificar se é uma pessoa ou não.

Thiago deu uma sonora gargalhada.

– O sistema tem várias formas de identificação molecular. Ele é capaz de identificar uma série de dados da pessoa, inclusive se a pessoa é *uma pessoa*. Apesar da sua ideia ser ótima, infelizmente o sistema só libera a viagem de volta se reconhecer que está tudo certo. Ah, e, acredite em mim, essa é uma das coisas mais bem protegidas dentro do Vu! Não tem como burlar isso! Além da série de camadas de proteção criptográfica, o conceito de "conclusão" dentro do sistema é altamente complexo e praticamente impossível de ser hackeado.

– Você é muito chato! – falou enquanto mastigava sua salada.

– Não sou chato, só sou realista. Em um caso assim, eu até iria para 1977, mas ficaria praticamente preso no passado e teria que acompanhar toda a evolução de Star Wars no cinema, esperando ano após ano, pois eu não conseguiria voltar ao presente. Se bem que isso seria interessante até...

– Isso seria ótimo, pois eu finalmente me livraria de você...

– Ah, mas eu poderia dar um jeito de te levar comigo, e aí você finalmente daria importância à magnitude de Star Wars! E eu não me importaria de ficar preso no passado com você...

Beatriz sorriu.

– Você não sobreviveria nem um dia sem seu computador.

– Eles já existiam em 1977, apesar de gigantes.

– E sem internet!

Thiago parou, estático.

– Ok, você venceu, seria insuportável.

Os dois gargalharam juntos. Beatriz, por fim, sugeriu-lhe que vissem Star Wars quando terminassem seu jantar, o que acabou por ser mais uma exibição para dois corpos se entrelaçando, sem qualquer atenção à película sendo projetada.

CAPÍTULO 6
MANHÃ DO DIA 13/07/2112
SÃO PAULO, BRASIL

O barulho das teclas do iHolo era praticamente inexistente no recinto, mesmo com uma dezena de pessoas correndo seus dedos pelo pequeno teclado emborrachado. Alguns funcionários optavam pelo comando de voz, algo a que o potente computador respondia com perfeição. No lugar dos já ultrapassados monitores, um enorme holograma tridimensional era projetado, ora simulando pessoas e lugares, ora simplesmente criando um quadro escuro onde palavras surgiam para serem lidas apenas por aqueles que as escreviam, garantindo, assim, a privacidade de cada um.

Os dedos de Sergio tocavam a holografia à sua frente, selecionando um parágrafo inteiro. Ele ajustou novamente para pegar o ponto final que havia ficado de fora e por fim apertou o botão de apagar. Sorriu satisfeito e disse em voz alta para o computador salvar o arquivo. Pegou sua xícara de café e levantou-se. Tinha o hábito de andar observando sua equipe de funcionários trabalhar, às vezes palpitando sobre algum tema que eles estavam escrevendo, ou simplesmente checando para saber se todos realmente trabalhavam ou se atualizavam suas páginas nas redes sociais. Caminhou lentamente pelo andar, bebericando seu café. Um funcionário o lembrou de que havia enviado um contrato importante e que precisava de sua aprovação até a hora do almoço. Outro lhe pediu para aprovar o texto que havia lhe enviado bem cedo. Um terceiro perguntou se poderia chegar um pouco mais tarde no dia seguinte. Chacoalhou afirmativamente a cabeça como resposta para todos.

Retornou à sua mesa e pediu para o computador abrir sua caixa de e-mails. Havia 88 não lidos e 257 na caixa de entrada. Tocou na tela e fez um comando para abrir uma mensagem de sua esposa. Leu-a e disse: "Responder". Uma folha em branco abriu-se, com uma assinatura manuscrita de seu nome e o cargo "Gerente do Departamento de Pesquisa Histórica – Brasil de 1930 a 1964" logo abaixo. Digitou um curto texto, mencionando problemas de seus filhos e o que achava que deveriam fazer, e falou: "Enviar". Voltou à caixa de entrada. Havia 93 não lidos. Sempre se impressionava com a capacidade que os e-mails tinham de se multiplicar tal como uma praga. Procurou um que tivesse a palavra "Contrato" no título. Abriu um extenso "Contrato de Autorização de Viagem Temporal" e solicitou que o computador o levasse até a última página. Pediu também que um software de comparação de assinaturas aparecesse em sua tela.

– Sérgio, que horas é a reunião com a Cléo de Finanças? – Era Ana, sua par de departamento, responsável pelo período brasileiro de 1964 a 1986.

– Não sei, vou olhar aqui.

Projetou seu calendário e apontou a reunião em questão às 16 horas. A mulher lhe agradeceu e ele solicitou que o software fizesse a conferência da assinatura. Alguns minutos depois, alguém o convidou para almoçar. Podia ser qualquer lugar. Escolheram um restaurante rápido, pois havia um compromisso logo após o almoço. Voltou à assinatura. O software ainda processava. O telefone tocou. Atendeu, respondeu, desligou. Voltou à assinatura. Ainda processando. O computador avisou que sua mulher havia respondido o e-mail. Esbravejou para si mesmo com a resposta dela, redigiu algo em um tom impaciente e retornou ao seu trabalho. Café acabou, levantou-se, encheu a caneca, parou para checar seus funcionários e sentou-se novamente à sua mesa. Aprovou um texto urgente. Atendeu ao telefone. Resolveu um problema de outro funcionário. Faltavam quinze minutos para o almoço e foi lembrado de que o contrato precisava ser aprovado até lá. O software ainda processava a informação. Cancelou e solicitou que fosse aberta uma holografia da assinatura contida na base de dados. Conferiu as duas firmas que tinha, a olho nu. Pareciam idênticas. Aprovou o contrato e enviou-o de volta. Abriu um novo e-mail de sua mulher, soltou um sonoro palavrão e ligou para cancelar o almoço, pois teria que ir à escola de seu filho mais velho.

Quase 158 anos antes, um papel era lido com um selo de "APROVADO", e um largo gole de uísque era tomado em celebração.

CAPÍTULO 7
MANHÃ DO DIA 18/07/2112
SÃO PAULO, BRASIL

– **Bom dia, Beatriz!** Eu preciso falar com você – disse Luiz, entrando na sala da mulher e fechando a porta.

– Ok, Luiz, eu estou um pouco ocupada agora. Se você puder voltar outro horário... – respondeu, digitando em seu teclado emborrachado, sem se dar ao trabalho de levantar os olhos.

– Sabe, eu adoro esse seu vinil dos Beatles – falou, retirando o álbum da estante. – Para mim, é o melhor deles. Você sabia que esse álbum surgiu quando o Paul pediu ao produtor deles para que os Beatles se reunissem novamente, "como nos velhos tempos"?

Beatriz respirou fundo, parou de digitar e se virou para o seu par de trabalho.

– Pois bem, Luiz. Você conseguiu me distrair do que eu estava fazendo. Do que você precisa?

– O que é mais incrível é que eles não apenas conseguiram se juntar "como nos velhos tempos", mas ainda conseguiram fazer surgir um excelente compositor que praticamente não aparecia nos "velhos tempos" – sentou-se no sofá cinza, ainda com o disco na mão –, George Harrison!

– Ok, eu conheço a história. Foi o próprio Paul quem me deu esse álbum, como dá para ver naquela coisinha escrita à caneta ali, que vem a ser a assinatura dele. Aonde você quer chegar, Luiz?

– Bom, eu queria, assim como o Paul fez para gravar essa obra-prima, te pedir para trabalharmos juntos "como nos velhos tempos".

Beatriz ficou perplexa, cenho franzido, observando longamente Luiz.

– Eu queria trabalhar com você no caso do Vargas.

Beatriz continuou observando o homem, com uma expressão incrédula.

– Olha, eu tenho um profundo respeito e admiração pela história do Vargas e seria um enorme prazer poder conhecê-lo. Como eu sei que esse trabalho foi designado a você, e não a mim, queria te pedir para de alguma forma trabalharmos juntos, como quando a gente era estagiário do setor.

– Ok... – respondeu a mulher, alongando cada fonema da palavra. – Como raios você descobriu que esse caso veio para mim?

– Ora, eu tenho meus métodos, assim como você tem os seus...

– Não, não tenho.

– Foi a Cris da Pesquisa Histórica. – *Claro! Outra de suas fãs,* pensou Beatriz. – Mas ela comentou despretensiosamente no almoço, e eu pensei: "Como seria ótimo trabalhar com a Bia nesse caso".

– Sei. E por "trabalhar com a Bia", você quer dizer "você fazer o trabalho de viajar com o Vargas e eu o de escrever toda a papelada". – A mulher frisou as aspas, fazendo o sinal delas com as mãos.

– Não, de forma alguma! Claro que minha ideia seria eu fazer a viagem com ele, mas te garanto que todo o restante do trabalho pode ser feito por você!

– Ou seja, a papelada... Olha, Luiz, eu agradeço a sua disposição em querer me ajudar, mas eu tenho certeza de que, se fizéssemos isso, eu acabaria exatamente como o Lennon quando aceitou a proposta do Paul de trabalhar "como nos velhos tempos": odiando o resultado! Então, novamente eu agradeço, e até me proponho a trazer um suvenir do Vargas pra você, um charuto dele, sei lá, mas a resposta é "não".

O homem deu um sorriso e sentou-se na ponta do sofá. Do bolso de dentro de seu paletó, retirou um envelope grande, com os dizeres "Hotel Ritz" em letras clássicas e um conteúdo claramente pesado demais. Pousou cuidadosamente o envelope na mesa de Beatriz.

– Eu imaginava que você fosse recusar, então pensei em te dar esse "presentinho" para você aceitar minha proposta.

Cada vez mais estupefata, Beatriz ficou de boca aberta observando o homem.

– É uma versão original do Chanel nº 5 entregue para mim pelas mãos da própria Coco Chanel. Sabe, ela foi muito grata a seu "salvador", se é que me entende – falou, sorrindo maliciosamente.

Beatriz agora não apenas estava de boca aberta, mas também de olhos arregalados, completamente incrédula.

– Luiz, eu não sei o que dizer...

– Ah, não precisa dizer nada, eu já imaginava que você fosse...

– ... mas eu não sou do tipo que aceita presentinhos, propina ou qualquer outra coisa para mudar de ideia. Minha resposta ainda é não!

– Não é isso que você pensa, Beatriz, eu só queria te recompensar por fazer um favor para mim. Isso não é nenhum tipo de propina ou coisa assim, só um mimo para você.

Beatriz riu alto, sarcasticamente.

– Luiz, vou te explicar uma coisa: você não precisa tentar me comprar com presentes, porque você não vai conseguir! Aliás, eu não fico fuçando nos seus processos e recomendo que você também não fique fuçando nos meus. Assim, eu sustento minha resposta: "Não, você não pode me ajudar com o trabalho do Vargas". Agora pegue seu envelope, devolva esse disco à estante e me deixe trabalhar, por favor!

Resmungando, Luiz pegou o envelope, largou o disco em cima do sofá e saiu da sala, batendo a porta atrás dele. Beatriz soltou um sonoro palavrão e guardou o álbum de volta à estante. Enquanto o fazia, ficou refletindo sobre a situação.

– Vu, ligue para o Daniel, por favor.

Daniel era seu chefe direto, bem como chefe dos outros três homens.

– *Oi* – disse uma voz impaciente do outro lado da linha.

– Daniel, sabe quem acabou de sair da minha sala?

– *Quem?*

– O Luiz. Ele queria saber se poderia trabalhar comigo no caso do Vargas.

– *Certo. E você quer?*

– Não, falei para ele que não é necessário. Só queria te avisar disso mesmo.

– Beatriz, a menos que você tenha algo realmente importante para me falar, em vez de ficar fazendo fofoca, eu adoraria poder continuar meu trabalho!

– Não, chefe, era só isso. Muito obrigada.

A ligação foi encerrada do outro lado, sem qualquer palavra de despedida. Beatriz sentou-se, ainda irritada. Sabia que Luiz estava armando alguma coisa com esse pedido. Respirou profundamente e pensou consigo mesma: *Ainda bem que farei essa viagem hoje. Logo tudo acaba e eu posso trabalhar no meu próximo serviço.*

CAPÍTULO 8

MADRUGADA DO DIA 24/08/1954
RIO DE JANEIRO, BRASIL

O suntuoso palácio resplandecia placidamente à sua frente. Os postes da rua tingiam a construção com um tom amarelado, dando à imagem um ar de fotografia antiga. As imponentes águias que circundavam o topo do edifício não se mostravam, desaparecendo na escuridão que não era violada àquela altura. As janelas e portas, todas fechadas, demonstravam que ninguém era bem-vindo ali dentro naquele momento.

Beatriz respirava firmemente enquanto contemplava o prédio. Sabia que aquele seria um dos trabalhos mais difíceis que já fizera, mas não era por isso que sentia seu estômago queimar: seu sexto sentido lhe dizia que havia algo de errado no ar. Aquele pedido de Luiz a deixara com a pulga atrás da orelha. Ela estudou incessantemente cada detalhe, cada palavra de todos os documentos, memorandos e contratos daquele caso, mas ainda assim não conseguiu tirar de dentro de si essa sensação ruim que atravessava o seu corpo. Engoliu em seco e retirou um minúsculo espelho de dentro de sua bolsinha. Admirou sua peruca morena com as madeixas esvoaçando pelo vento do litoral. Passou um batom vermelho-escuro, que fazia sua boca resplandecer tal qual seus brincos de pérola. O vermelho-escuro contrastava com o tom mais alegre da saia plissada, mas a sobriedade era mantida na blusa bege de tricô. Guardou o espelho e o batom, calçou um par de luvas beges e encheu os pulmões de ar.

– Estou pronta – repetiu duas vezes para si mesma.

Caminhou pela calçada em frente ao palácio e olhou para todas as direções para checar se alguém a via. Com muita agilidade, empurrou suavemente o portão que dava acesso aos jardins laterais do edifício – obviamente destrancado – e saltou para dentro. Andou por debaixo das árvores e chegou a uma porta lateral que dava acesso ao prédio. Forçou-a. Nem um movimento. Sorriu, feliz de ter que fazer o que iria fazer – algo que raramente era necessário, e, sempre que o fazia, divertia-se muito, pois se sentia em um filme. Com um equipamento parecido com um gancho preso em uma chave de fenda, destrancou sem qualquer dificuldade a fechadura e adentrou o edifício silenciosamente. *O que tem de mais moderno em abertura de portas*, sorriu, guardando o equipamento em sua bolsinha.

O mais difícil vinha agora. Teria que se esgueirar até o terceiro andar, até um quarto naquela mesma parte lateral onde estava. Lá, uma morte já havia acontecido anos atrás, o que dava o álibi perfeito para o trabalho que tinha que fazer. Felizmente, o prédio todo parecia adormecido devido ao horário tardio, e foi bizarramente simples subir as escadas até o andar em questão sem encontrar vivalma no caminho. Abriu cautelosamente a porta e deixou-se mergulhar na escuridão daquele cômodo.

– Boa noite, presidente.

O homem acordou de sobressalto. Luzes acesas, encontrou uma mulher sentada na sua cama que não era sua amada

Darcy – nem uma de suas tantas amantes. Aquilo só podia ser um pesadelo ou uma brincadeira de muito mau gosto.

– Não grite, por favor. Eu vim aqui para levar o senhor para o futuro.

O espanto de ver aquela desconhecida passou de imediato.

– Mas... como? – redarguiu o presidente.

– O "como" nos reservamos o direito de manter em sigilo, Sr. Presidente – a mulher sorriu –, mas posso lhe dizer que, salvo alguns pequenos problemas estomacais, o senhor não sentirá nenhum efeito adverso severo. Veja bem, há alguns pontos antes disso que preciso lhe explicar; primeiramente, é fundamental que saiba: o senhor irá se suicidar!

A expressão de incredulidade na face do homem fez com que Beatriz sorrisse mais uma vez – agora com certo nervosismo.

– Os pormenores são extremamente importantes, portanto peço que preste muita atenção a tudo que eu lhe disser: vamos substituir o documento que você assinou ao final da reunião ministerial por esta carta-testamento. – Entregou a carta ao homem. – Obviamente, precisamos que você a assine, para dar mais veracidade à coisa toda. Eu particularmente achei espetacular a parte do "A resposta do povo virá mais tarde...", mas, enfim, isso não me diz respeito. No início da manhã, por volta das sete ou oito horas, todos os aqui presentes vão ouvir um estalido e encontrarão um corpo baleado no coração. Mas não se preocupe, pois algum dublê vai sair da vida para entrar na história em nome do senhor. Além do mais, preciso que o senhor coloque o seu...

– Mas... e o Lacerda?

Por segundos que pareceram um tempo colossal, Beatriz olhou no fundo dos olhos da figura à sua frente. Em seus pijamas, naquele palácio presidencial, a cena parecia um episódio satírico, uma comédia muito mal escrita. Prestes a desaparecer para sempre, e a personagem que mais lhe importava era justamente seu maior inimigo. Se aquilo não era para gargalhar, era patético demais para Beatriz aturar.

– Não se preocupe com ele, Sr. Presidente. Mas saiba que a primeira-dama Darcy, seus cinco filhos e a Virgínia ficarão todos bem. Agora se puder, por favor, assine a carta, pois ainda tenho muito a fazer.

O abatido presidente suspirou profundamente, lendo a carta. Sem tirar os olhos dela, exprimiu de forma soçobrada:

– Isso quer dizer que meus planos não deram certo, então...

– Olha, senhor, eu não estou aqui para julgar suas ações ou para discorrer sobre todas as implicações políticas deste período, mas tenho certeza de que, se estou aqui – e frisou bem as duas últimas palavras –, é porque seus planos deram muito certo e o senhor vai viver feliz e tranquilo no futuro.

– Você não entende...

Os olhos negros daquele homem, outrora tão majestosos, perscrutaram os olhos verdes de Beatriz, que responderam com um olhar materno de quem compreendia tudo e estava ali para sanar seus problemas. Os olhos negros responderam com uma gota de lágrima, solitária, soçobrando pela face, como se os problemas estivessem apenas por começar. Os olhos verdes realmente não entenderam...

– Para onde eu vou? – perguntou, por fim, buscando recompor sua figura presidencial imponente.

– Ah, verdade, como pude me esquecer? Tomamos o cuidado de conseguir um pequeno sítio em Santo Tomé na Argentina, bem próximo de São Borja. Acredite, é um lugar incrível e o senhor ficará muito satisfeito.

Chacoalhou a cabeça afirmativamente, entregando-se, por fim. Falou baixinho, mais para si do que para Beatriz:

– Deixa como está para ver como é que fica, Getúlio...

E assinou a carta, puxando para baixo o "s" final de seu nome, como sempre fizera em sua vida inteira. Beatriz pensou consigo mesma que seu sexto sentido parecia pela primeira vez ter se provado errado, afinal.

CAPÍTULO 9

MANHÃ DO DIA 19/07/2112
SÃO PAULO, BRASIL

– **... Aí ela jogou** a boneca dela pela janela do quarto com um pedaço de pano amarrado nas costas! – Ela jogou a cabeça para trás enquanto soltava uma sonora gargalhada. – Segundo ela, era uma boneca paraquedista e estava saltando para matar os inimigos!

As duas riram com gosto. Beatriz estava sentada à sua mesa, com o computador ligado, e à sua frente, contando-lhe a história, estava Catarina, a secretária responsável pelo Departamento de Moda, Alimentação e Costumes da Déjà Vu.

– Cat, você precisa comprar brinquedos que tenham mais a ver com as coisas de que ela gosta!

– Imagina, ela adora as bonecas dela!

– Mas você mesma já me disse que ela pega emprestados os carrinhos do seu sobrinho...

– Besteira! Ela faz isso só para irritar o menino. É que a Carol é assim mesmo, um pouco mais bruta. Mas é só a fase...

– Claro, claro.

– E você, Beatriz? – Ela abaixou a voz. – Como estão as coisas com o Thiago?

– Cada vez melhor, sabe? Ele é bastante amoroso e atencioso. Fora que a gente passa tanto tempo conversando que nem vejo a hora passar!

– Que ótimo! E quando vocês vão dar o próximo passo, hein? Vocês já falaram sobre casamento?

– Pra ser bem sincera, não. E não sei se quero, também. A gente está tão bem assim, sem rótulos. Gosto de ter a minha casa, o meu espaço. E sei que ele gosta de ter o dele também. Acho que vai acabar chegando um momento em que vamos decidir morar juntos, mas por enquanto estamos felizes como estamos.

– É, mas e filhos? Aquela coisa toda de ter uma família? Você não quer?

– Uma coisa não atrapalha a outra, Cat. Se a gente eventualmente quiser ter filhos, podemos sim nos mudar e morar juntos. Mas no momento quero focar meu trabalho, minha carreira.

– Olha lá, não vai deixar passar tempo demais, hein?

– Claro, pode deixar. – Sorriu.

– E o que você tem de novo para me contar do seu trabalho? Você sabe que eu adoro as suas histórias de viagem no tempo, não é?

– Sei, sim, e já te disse mais de uma vez que você precisa tentar uma posição de agente histórica, não disse? Você adora isso e tem todo o jeito para fazer o que eu faço.

– Já, mas mesmo assim não é para mim, Beatriz. Eu tô feliz onde trabalho. E você sabe que o Pedro não iria gostar de eu...

– Já te disse também que quem manda na sua carreira é você, e não seu marido...

– Ah, mas me diga, como foi essa sua última viagem? Você foi levar o Getúlio Vargas, não foi?

– Isso mesmo. Olha, foi algo bem estranho. De alguma forma, fiquei com a sensação de que ele não queria que aquilo acontecesse, sabe? Não sei explicar, mas algo dentro de mim dizia que tinha alguma coisa errada.

– Mas ele se opôs, Beatriz?

– Não, não. Na verdade, é só um pressentimento ruim mesmo, porque nada aconteceu de errado. Foi até tudo tranquilo. Enfim, deixa pra lá. Eu já estou com outra viagem para fazer, acredita? Este mês vai ser bem puxado.

– Nossa, sério? Quem é dessa vez?

Beatriz mexeu em seu computador e alterou-o do modo privado para o modo compartilhado, exibindo uma holografia em preto e branco de um homem com um pequeno bigode, chapéu e uma expressiva risada.

– Quem é esse?

– Você não reconhece? É Charles Chaplin.

– É verdade! Que incrível, Beatriz! Nossa, como ele era bonito, não?

– Sim, bastante. Eu estava pesquisando um pouco sobre ele antes da reunião pré-temporal, que por sinal é agora cedo. É interessante saber o quanto ele era dedicado ao seu trabalho. Era obcecado pela perfeição e filmava inúmeras vezes uma cena até que ela estivesse impecável.

– Coitado de quem trabalhava com ele.

Beatriz sorriu.

– Sim, mas ele era um gênio. E viveu bastante tempo! Faleceu quando tinha 88 anos, acredita? Isso era muita coisa para a época dele. Tudo bem que ele passou os últimos sete, oito anos com a saúde cada vez mais fraca. Mas, mesmo assim, foi um homem saudável e ativo até quando pôde.

Espero sinceramente que a gente dê um jeito de não acabar com a carreira dele.

– Mas tem como isso? Quero dizer, vocês vão fazer ele desaparecer e levá-lo para o futuro, não é? De certa forma, você vai acabar com a carreira dele.

– Depende, Cat. A equipe da Julia faz trabalhos incríveis em casos como esse. Já vi vários exemplos de grandes gênios que foram substituídos por sósias ou mesmo casos em que conseguimos de alguma forma preservar a obra da pessoa. É ela quem cria as histórias malucas de desaparecimento dos contratantes e tenho certeza de que ela vai bolar algo bem legal para esse caso. Duvido que ela deixe um filme sequer dele se perder só porque ele nos contratou para buscá-lo.

– Sabe o que não consigo entender, Beatriz? Como alguém como ele, rico, famoso, bem-sucedido, quer desaparecer de sua própria vida?

– Dinheiro e fama não são tudo na vida, Cat. Às vezes tudo o que a pessoa quer é ir para um restaurante jantar sem ser incomodado por fãs malucos. E lembre-se de que não cabe a nós julgar a razão pela qual fomos contratados!

– Claro, claro. Mesmo assim...

– Agora eu vou te pedir licença, Cat. A reunião pré-viagem temporal dele começa logo mais. – As duas se levantaram. – Amanhã passo lá no seu departamento para pegar a roupa que vou usar para ir me encontrar com o Chaplin.

– Combinado! É para ir linda, hein?

– Pode deixar. – E, sorrindo, despediram-se uma da outra.

CAPÍTULO 10
MANHÃ DO DIA 19/07/2112
SÃO PAULO, BRASIL

– **Bom dia a todos.**

Beatriz achava as reuniões pré-viagens temporais entediantes e desnecessárias. Sentia-se como em uma viagem de avião, com as aeromoças repassando as instruções de segurança em detalhes – e ninguém da aeronave prestando atenção. Mas era um procedimento explicitamente necessário e ela não tinha como escapar. Para intensificar ainda mais o seu desgosto pela reunião, era parte do processo que todos falassem e colocassem seus pontos, tomando geralmente uma hora e meia a duas horas do dia. Ela deu início:

– Gostaria de agradecer a todos pela disponibilidade para esta reunião. Sei que acabei agendando um pouco em cima da hora, mas, como tive na semana passada outro caso grande, preferi já agilizar esse também, para até o final do mês conseguir fechar toda a documentação de ambos. Assim, vou passar a palavra ao Alberto, para que ele possa dar início à reunião.

Na sala estavam presentes nove pessoas: Beatriz e seu chefe Daniel; Thiago e sua funcionária Tatiana, ambos do TI Temporal; Marcos, chefe de Thiago e também gerente de Segurança da Informação, time que era responsável por garantir que o processo todo fosse o mais seguro e sem riscos possível; Cássio, diretor do Departamento de Pesquisa Histórica – Américas, chefe de todo o departamento em questão para o continente americano inteiro; Júlia, a famosa e criativa gerente do Departamento de Criação Histórica – América do Norte; e, por fim, Cristina, gerente do Departamento de Pesquisa Histórica – América do Norte de 1900 a 1929, bem como seu coordenador – agora com a palavra – Alberto.

– Bom dia, pessoal. – Timidamente ele se levantou e Vu projetou sua apresentação na parede branca, com uma grande fotografia em preto e branco tomando todo o slide. – Acredito que todos os aqui presentes conheçam o trabalho de nosso contratante, Charles Spencer Chaplin, portanto não vou me atentar muito aos detalhes de quem ele é nem de como chegou onde chegou. Vou focar exatamente no período do qual iremos "resgatá-lo", que é o final da década de 1920.

Ele deu um gole de água, fazendo uma pausa para buscar organizar seu raciocínio. Alberto era um jovem de vinte e poucos anos que trabalhava na Déjà Vu desde que iniciara sua carreira profissional. Era excelente tecnicamente, cumprindo seu trabalho praticamente sem erros. Contudo, tinha uma enorme dificuldade de se apresentar para outras pessoas, quase sempre se acanhando e terminando por cuspir as palavras de forma rápida e atropelada, esperando que aquilo acabasse o mais rapidamente possível. Justamente para tentar trabalhar esse aspecto, sua chefe, Cristina, forçava-o a fazer praticamente todas as apresentações do setor, como forma de tentar "fazê-lo crescer profissionalmente". Obviamente, aqueles eram os momentos que ele mais odiava.

O slide na parede mudou para um em que se lia "Vida pessoal". Beatriz já se sentiu entediada só de ler o título em questão.

– Chaplin casou-se pela primeira vez em 1918, aos 28 anos de idade, com uma mulher de 16 anos. Tiveram um filho deficiente, que morreu com poucos dias de vida. Dois anos depois eles se divorciaram, em decorrência do sofrimento da perda do filho.

A primeira parte saiu tão embolada que Beatriz teve que se esforçar para entender as palavras. Cristina fez um sinal para o jovem, pedindo que ele desacelerasse um pouco. Ele respirou fundo e continuou, dessa vez tentando seguir o conselho de sua chefe:

– Alguns anos depois, em 1924, casou-se novamente com outra menina de 16 anos chamada Lita Grey. Tiveram dois filhos juntos. Porém, essa mulher é extremamente importante para nós, pois em 1926 (ano em que o resgataremos) eles se divorciaram. Esse divórcio é crucial para entender o estado de espírito de nosso contratante no momento, pois aparentemente ele era muito infeliz com ela. O litígio entre os dois teve seu pico em novembro de 1926, mais ou menos um mês e meio depois de quando você estará lá, Beatriz, pois foi quando a Lita pegou os filhos deles e saiu de casa. Para piorar, ela pediu uma quantia astronômica de dinheiro e ainda o acusou de abuso, infidelidade e várias outras crueldades, ameaçando vazar para a imprensa informações de inúmeras amantes de Chaplin. Ele, furioso, acabou conseguindo evitar um escândalo ainda maior, e no ano seguinte fechou um acordo de divórcio com ela.

Alberto deu outro longo gole de água. Podia-se ver que sua mão tremia ao segurar o copo.

– Ou seja, ele possivelmente deverá estar muito nervoso e irritado quando você o vir. Vu, slide, por favor.

E agora na parede podia-se ler "Vida profissional".

– Pois bem, em 1919, Chaplin, junto de três cineastas amigos, fundou a produtora de filmes United Artists. A ideia principal dos quatro era ter controle de toda a produção e distribuição da obra deles, tanto financeiramente quanto tecnicamente. Isso nos leva ao filme que estava sendo rodado em 1926. Vu, slide, por favor.

Na parede aparece uma fotografia de Chaplin em seu famoso personagem Carlitos, mordendo o pão de uma criança que está no colo de seu pai, de costas para o ator. Beatriz deu um discreto sorriso ao ver a imagem.

– *O Circo*. Esse filme sofreu uma série de problemas para ser filmado. Primeiramente, a tenda enorme que dava vida ao circo do filme foi inteiramente destruída, fazendo com o que o estúdio tivesse que parar para se reconstruir. Mais para frente, Chaplin se viu forçado a parar o filme por conta do divórcio problemático de que acabei de falar, tendo que proteger a película para que ela não fosse utilizada como parte do processo. Você, Beatriz, vai aparecer exatamente no momento em que o set de filmagem foi reconstruído após o incêndio e eles recomeçaram a gravar freneticamente. Portanto, não espere um clima feliz e amistoso. É isso. Obrigado, gente.

Alberto respirou aliviado e sentou-se. Sua chefe sorriu para ele, feliz pelo resultado de seu pupilo.

– Obrigada, Alberto. Agora... – Era Beatriz. Olhou ao redor da mesa, para todos os presentes na sala. Viu seu chefe mexendo no celular dele e os outros desviando o olhar, evitando serem chamados para apresentar. – Júlia, você pode nos falar sobre como vai ser o desaparecimento do contratante?

A mulher assentiu e levantou-se. Ao contrário de Alberto, ela era dona de uma eloquência admirável. Evitava utilizar slides e ainda assim era raro ver seu público entediado ou inquieto. Responsável pela criação de todo o cenário de desaparecimento, ela era capaz de solucionar intrincados problemas históricos, trabalhando em minúcias familiares, empresariais e até mesmo em detalhes de como a imprensa deveria tratar o caso. Todos se viraram para ela, com exceção de Daniel, que afundou seus olhos na tela de seu celular.

– Quando recebemos o contrato e vimos a data em que teríamos que assumir a viagem de Chaplin, 1926, pensamos de imediato: como vamos fazer isso sem destruir sua herança cinematográfica? Daniel, quando você não está trabalhando, já assistiu a *Tempos Modernos*?

Beatriz sorriu disfarçadamente pelo fato de Júlia estar tentando tirar Daniel de seu celular e atraí-lo para sua explicação. Seu chefe pousou o aparelho em cima da mesa e respondeu negativamente à pergunta.

– Pois deveria. Esse filme é uma obra-prima do cinema, mas foi feito depois de 1926. Ou seja, ele não existiria mais na dimensão em que Chaplin irá para o futuro. Nós não estamos aqui para julgar as razões de nosso contratante, mas, como ele decidiu que o mundo ficaria sem todas as suas obras depois desse período... bom, o mundo tem a sorte de nós sermos muitos bons! – Fez uma breve pausa, para que todos pudessem apreciar sua autoconfiança. – Esse provavelmente vai ser um dos trabalhos mais difíceis que já fizemos, desde o do saudoso Paul. Basicamente, Chaplin vai continuar existindo normalmente, vai produzir todas as suas obras-primas após *O Circo* e vai morrer de velhice. "Como? Como?", vocês se perguntam. Vamos substituí-lo por um sósia.

A ideia de Júlia tinha um grau de dificuldade de execução enorme, tornando sua logística um terror para o Departamento de Pesquisa Histórica. Contudo, Beatriz sorriu satisfeita, pois era exatamente isso o que esperava da mulher.

– O melhor de tudo isso é que esse sósia já é um sósia. Seu nome é Billy West e ele ficou famoso, acreditem, por copiar o trabalho de Chaplin. Era um perito em cada detalhe do personagem Vagabundo e foi contratado por vários produtores para copiá-lo, inclusive com roupas idênticas. Há quem diga que uma vez o próprio Chaplin o viu atuando e se espantou com a imitação extremamente fiel do homem. Assim, vamos aproveitar esse talento todo e fazer o seguinte: forjaremos a morte de West e ele tomará o lugar do nosso contratante, que continuará a trabalhar normalmente. Tomaremos o cuidado de "contar" a ele os roteiros de alguns filmes que viriam a ser produzidos depois, como *Tempos Modernos* e *O Grande Ditador*, que ele produzirá com o maior prazer (e com um pouco de nossa ajuda, claro). *Voilá*! Salvamos o cinema, fazemos nosso trabalho e causamos um caos temporal muito pequeno. Obrigado a todos.

Todos na sala se entreolharam. Realmente, o plano era muito bom e, se bem executado, seria um trabalho incrível. Beatriz levantou a sobrancelha satisfeita e aproveitou para tirar uma dúvida:

– Antes de você concluir, Júlia. Bom, primeiramente, parabéns, excelente trabalho. Agora me diga: para qual ano nosso contratante será enviado?

– Ah, sim, verdade. Esqueci de mencionar isso. Ele será enviado para 1998, para viver na Suíça. O ano em questão foi escolhido pelo próprio contratante. Parece que foi uma das exigências dele.

– Legal, muito obrigado, Júlia. Para encerrar, Thiago, como estão os detalhes técnicos para a viagem?

Sem se levantar da cadeira, seu parceiro de vinho, jantares e noites sem dormir passou a explicar os detalhes sistêmicos.

– Bom, seu celular temporal já está marcado para bem cedo no dia 4 de outubro de 1926. A ideia é você encontrar com seu contratante no estúdio dele, no momento em que ele chega para começar as filmagens, às 10 horas em ponto. Para voltar, as três chaves já estão instaladas também: sua leitura biométrica, o reconhecimento da assinatura do contratante e o aceite verbal dele para a viagem. Isso vai abrir uma fenda espaçotemporal para a Suíça de 1998, onde você deixará o contratante, consequentemente liberando sua leitura de íris para o retorno para 2112. Todas as camadas de segurança estão devidamente revisadas e operando com sucesso. Você, como sempre, terá 48 horas para executar todo o trabalho, quando a conexão criada por nós será desativada.

– Excelente. Muito obrigada, Thiago. Alguém mais tem algum ponto a colocar?

Silêncio na sala. Depois de alguns segundos, Beatriz rompeu-o:

– Ótimo, então encerramos aqui. Muito obrigada a todos pelo tempo de vocês.

Beatriz se levantou e se dirigiu à sua sala. Um frio na barriga lhe indicava que, mal havia voltado do século XX, em breve estaria prestes a novamente se arriscar no passado.

CAPÍTULO 11
MANHÃ DO DIA 04/10/1926
CALIFÓRNIA, ESTADOS UNIDOS

– Seu banho está pronto, senhor.

O relógio apontava 6h30. Chaplin sentiu um leve toque no ombro, que foi o suficiente para colocá-lo de pé quase que de imediato. Seu criado estendeu-lhe uma toalha branca de algodão egípcio, e, com ela no ombro, caminhou até o banheiro. Despiu-se e mergulhou na banheira, que já estava cheia até a metade com água morna. Fruiu calmamente seu banho, em momentos deixando de lado a limpeza para aproveitar o relaxamento trazido pela imersão.

Quando terminou de se lavar, cerca de dez minutos depois, vestiu um robe cor de laranja e amarelo pálido e caminhou até um cômodo, onde, após um bom-dia sem muita emoção, sentou-se para ter seu cabelo aparado. O barbeiro retirou alguns poucos fios rebeldes e barbeou-o com exímia destreza na navalha. Não trocaram palavras durante esse momento, ambos parecendo absortos em seus próprios pensamentos. Terminado o serviço, retornou ao quarto e escolheu um terno cinza cujo caimento não lhe era perfeito, mas aprovou o resultado mesmo assim, observando-se no espelho. Concluiu borrifando cada lado do pescoço com uma boa dose do perfume Mitsouko, inalando com prazer o odor exalado.

Já vestido, sentou-se a uma grande mesa. À sua frente, um pequeno desjejum, composto de ovos mexidos, quatro torradas, duas fatias de bacon crocante e uma fruteira com diversas frutas maduras. Serviu-se de café preto, mordeu uma torrada e pegou o primeiro jornal de uma pilha ao seu lado: o *Los Angeles Times*. Leu a respeito da possível participação da rainha Maria da Romênia no filme a adaptar o livro de Tolstói, *Ressurreição*. Parou por mais tempo na leitura da notícia de que executivos de vários bancos do país estariam presentes na cidade para uma convenção de banqueiros – e suspeitou que isso pudesse render a visita indesejada de algum desses homens ao seu estúdio para conhecê-lo.

Meia hora depois, quando terminou seu café da manhã e já havia absorvido todas as notícias que lhe interessavam, seguiu para a garagem. Um motorista japonês esperava defronte a um luxuoso Locomobile Modelo 48 preto, já preparado para sair. Chaplin trocou algumas palavras amigáveis com seu chofer e sentou-se no banco detrás do carro. Durante todo o percurso foi observando a cidade através da janela. Algum tempo depois, o automóvel parou em frente a um edifício nada suntuoso, onde trabalhava seu pedicuro. Dono de pés que lhe renderam uma fortuna extraordinária, Chaplin fazia questão de cuidar deles, mantendo suas unhas sempre aparadas, sem qualquer vestígio de cutícula, e impedindo a formação de calos, bolhas, crostas e quaisquer outros ferimentos que pudessem incomodar seus milionários instrumentos de trabalho.

Terminada sua higiene podal, voltou ao veículo e alegremente discutiu amenidades com seu motorista, enquanto este dirigia com extrema atenção. Na rua do parque Griffith, o carro parou e permitiu que o comediante pudesse sair para usufruir de um passeio solitário. Sempre que podia, gostava de andar pelos caminhos arborizados, buscando paz e tranquilidade à sua mente. Às vezes, sentava-se em um banco e fazia anotações freneticamente. Outras vezes, cochichava consigo mesmo, reorganizando seu raciocínio e estruturando suas ideias. Hoje preferiu somente peregrinar pelos longos e sinuosos caminhos, observando as árvores e pássaros ao seu redor.

Satisfeito pelo exercício introspectivo, retornou ao carro cantarolando uma canção. Nessa viagem, manteve-se submerso em seus próprios pensamentos, sem emitir quaisquer palavras. Seu fiel chofer, já acostumado com a personalidade do patrão, conservou-se concentrado no trânsito rumo ao estúdio de filmagem. Chegaram às 10 horas em ponto. Ao entrar no estúdio, deu seu habitual grito de início de trabalho:

– Ele está aqui!

Todos pararam para vê-lo passar, transformando-se no gênio irrequieto que comandava e esmiuçava cada detalhe da produção. Falou com diversos membros da equipe, ora de maneira calma, ora irritadamente. Parou para discutir com seu diretor de iluminação, apontando falhas e sugerindo minúsculas melhorias, enquanto assinava alguns papéis relativos a pormenores do estúdio. Depois de cerca de meia hora circulando de funcionário em funcionário, decidiu seguir para seu camarim, para que o Chaplin pudesse sumir e o Vagabundo surgir. Abriu a porta, entrou afoito e sentou-se defronte ao espelho. Procurou seu pó de maquiagem e elevou seu rosto para aplicá-lo. Parou e viu atrás do reflexo de seu rosto, do lado direito, a figura de uma mulher sentada em uma cadeira, pernas cruzadas, a observá-lo. Girou sua cadeira para ficar virado de frente para a mulher, que lhe abriu um largo sorriso.

– Fique tranquilo, Sr. Chaplin, e não grite, por favor. Eu vim aqui para levar o senhor para o futuro.

CAPÍTULO 12
TARDE DO DIA 20/07/2112
SÃO PAULO, BRASIL

– **Boa tarde, Cat!** E a filhota, como vai?

– Sapeca como sempre, Bia. E você, como estão as coisas?

– Aquela correria de sempre, sabe como é, né? Eu tô precisando de acesso à sessão de moda estadunidense da década de 20, por favor. – Piscou para ela.

– Claro. – A mulher digitou alguma coisa no iHolo à sua frente. – Prontinho, disponível já! Você sabe onde fica, né?

– Sei, sim. Muito obrigada! Dá um beijo naquela bochecha gostosa da filhona por mim!

Beatriz estava no Departamento de Moda, Alimentação e Costumes, um setor inteiro dedicado a estudar e catalogar as vestimentas, hábitos, trejeitos, comidas típicas e tudo o mais que pudesse caracterizar cada década em cada local do mundo. A ideia era não apenas fornecer material para uma melhor compreensão das pessoas de cada era, mas também servir recursos para os agentes históricos utilizarem no momento de suas viagens no tempo. Beatriz era uma ávida consumidora – e estudiosa – dos itens desse departamento, por vezes sendo responsável por indicar e pontuar melhorias e correções no acervo.

Passou seu indicador pelo leitor biométrico e entrou na sala com três gigantescos corredores à sua frente, que levavam para vários outros corredores. O departamento todo era dividido em décadas e, dentro delas, subdividido em áreas geográficas. Conferiu nas placas de identificação onde exatamente ficava o período de 1920 e, depois de algumas viradas para um lado e para outro, chegou à área dessa década reservada para os Estados Unidos. A porta com sensor automático de presença se abriu e permitiu que a mulher visse uma sequência enorme de vestidos, saias, blusas, luvas, sapatos, chapéus e adereços, devidamente expostos em araras que percorriam o cômodo inteiro. Escolheu um vestido preto largo de seda que se estendia até seu tornozelo. Como a época do ano podia ser fria, mesmo na Califórnia, agarrou também um casaco de pele sintética marrom-escuro, com grandes tufos de pelo que cobriam sua nuca e ainda lhe davam um ar charmoso. Uma bota, também preta, de salto baixo, cobria o seu pé. Para arrematar, um chapéu clochê de cor escura, com um belo laço marrom do lado direito. Ao sair do recinto com as roupas, o sistema enviou uma notificação para seu celular temporal, registrando a retirada dos produtos.

Sem pressa para sair, virou à direita e seguiu para a ala de "Perucas e acessórios". Deteve-se longamente na escolha das madeixas que usaria e acabou optando por uma de cor preta, em um corte chanel curto, na altura dos ombros, típico da época. Pegou um par de luvas pretas, que guardou em uma bolsa marrom-escura que também constava no acervo, e decidiu, por fim, que seu *look* estava encerrado. Vestiu-se, saiu da área de roupas e acessórios, mandou um beijo para a amiga recepcionista e seguiu para o quarto andar, onde ficava o Departamento de Viagens Temporais.

O local era um grande salão, ao qual pouquíssimas pessoas na empresa tinham acesso. Nele trabalhavam os principais entendidos de viagem no tempo da Déjà Vu, espécies de gurus teóricos, que tinham uma carga de responsabilidade inversamente proporcional à quantidade de trabalho diário – por isso mesmo eram quase sempre vistos jogando jogos de celular ou conversando. Toda e qualquer viagem no tempo devia ser feita na frente daquelas pessoas, independentemente do fato de as viagens poderem tecnicamente ser executadas de qualquer local, desde que se tivesse um celular temporal em mãos. Eles checavam cada detalhe, desde as leituras médicas do viajante até a acuracidade espaçotemporal da viagem. Na prática, isso queria dizer que eles garantiam a vida e a segurança das pessoas, além da certeza de que a viagem aconteceria corretamente.

Beatriz cumprimentou um a um ali de forma discreta e distante. Achava aquelas pessoas um tanto quanto excêntricas demais, mesmo nunca tendo presenciado nada de anormal por parte delas. No fundo, almejava estar ali no lugar deles, despreocupada, somente observando dados em uma projeção e batimentos cardíacos em uma tela de celular. Aproximou-se de um homem baixo e calvo e disse para ele que tinha uma viagem programada para 4 de outubro de 1926 agendada para aquela tarde. O homem assentiu de forma bastante educada e pediu que ela ficasse em frente a um projetor enorme que havia ali.

A máquina fez uma rápida leitura de Beatriz, e na projeção à frente do homem calvo apareceram todos os dados pessoais da agente histórica. Enquanto ele lia alguns dados, um braço robótico saiu da lateral da mesa dele com uma agulha na mão e retirou uma amostragem sanguínea da mulher. A máquina analisou rapidamente seu sangue e novos dados apareceram na frente do perito. Ele fez alguns gestos com a mão, checando cada detalhe. Beatriz odiava essa parte, sempre se sentindo como alguém tendo suas partes íntimas sendo observadas minuciosamente.

– Você está com uma pequena deficiência em vitamina D, o que pode afetar a homeostasia do cálcio em seu corpo. Vou aplicar um implante suplementar intracutâneo para corrigir isso.

O braço robótico saiu novamente para dar outra picada na mulher. Ela fez uma cara de dor ao sentir a agulha em seu braço esquerdo.

– Pronto, já está tudo certo para sua viagem. Quando estiver pronta, pode dar início ao procedimento em seu celular temporal.

– Ok, muito obrigada.

Beatriz acionou o programa de deslocamento espaço-temporal e, com alguns toques na tela, selecionou a data e o local em questão: 4 de outubro de 1926, Los Angeles, Califórnia, Estados Unidos da América. O sistema solicitou a confirmação biométrica, e, após a leitura de seu polegar, a tela ficou inteira preta com a mensagem "CARREGANDO VIAGEM – 1%".

A numeração foi gradualmente crescendo, e, próximo dos 15%, Beatriz sentiu seu corpo chacoalhar-se por completo. Estava no estágio em que suas moléculas começavam a se movimentar de tal forma que pareciam que seriam arrancadas uma a uma de dentro de si. Seus ouvidos zuniram e seu estômago quis pôr para fora todo o filé à parmegiana do almoço. Relutou contra isso e conseguiu mantê-lo onde estava. Subiu para 25%. Seus olhos enxergavam o salão de viagem temporal de forma desfocada, como se houvesse uma neblina no cômodo inteiro. Então, subiu para 40%. Já não havia mais nada para enxergar. Seu cérebro, para a segurança do restante do corpo, entrou em modo *stand-by*, só deixando as principais funções do corpo disponíveis.

Seu corpo caiu no chão com um baque fofo de quem caiu em uma grama alta. Rapidamente, acordou e se levantou, checando se não havia nenhum machucado e arrumando suas roupas, levemente sujas. A tela de seu celular apontava em letras verdes: "VIAGEM CARREGADA – 100%".

CAPÍTULO 13
MANHÃ DO DIA 04/10/1926
CALIFÓRNIA, ESTADOS UNIDOS

Beatriz arrumou suavemente o vestido largo de seda, fazendo-o agitar-se sobre seu corpo. O casaco de pele sintética a esquentava demais, devido ao tempo relativamente quente que fazia naquele dia, mas não se importava com isso. Uma pontada de nervosismo a fazia suar frio e o casaco dava conta de lhe trazer certo equilíbrio. Tirou um pequeno espelho de sua bolsa marrom-escura e arrumou displicentemente suas madeixas negras, em um corte chanel curto que lhe dava um ar jovial e ainda trazia à atenção seus olhos verdes. Guardou o espelho, calçou seu par de luvas pretas e observou tranquilamente o lugar ao seu redor.

Estava na esquina da Sunset com a La Brea, coração de uma Hollywood em formação. No começo do século XX, Thomas Edison, inventor do cinetoscópio, detinha quase todas as patentes relacionadas a filmes na Costa Leste americana, o que acabou forçando a emigração de inúmeros cineastas para o Oeste do país. Isso, associado ao clima quase que ideal para filmagens, com poucas chuvas, fez com que aquele bairro de Los Angeles rapidamente se desenvolvesse como um grande centro de produção cinematográfica nos Estados Unidos. Em aproximadamente vinte anos, praticamente todos os estúdios da Costa Leste se mudariam para Hollywood.

Os carros passavam apressados ao longo das avenidas, agora máquinas populares nas ruas americanas. Beatriz observava-os com interesse, pois eram modelos completamente diferentes do que estava acostumada a ver, ainda muito distantes de toda a aerodinâmica que viria a ser acrescentada aos seus designs. Encheu os pulmões daquele ar revigorante e colocou-se a caminhar em passos rápidos, rumando para o estúdio à sua frente. Felizmente, aquele enorme lugar era um mundo por onde circulavam diversos tipos de pessoas todos os dias, sendo muito fácil tornar-se invisível dentre o mar de figurantes, contrarregras, iluminadores, fãs, atores aspirantes ou simples curiosos. Cruzou com um dos poucos seguranças do local, que nem sequer notou sua figura. Rapidamente avistou o enorme circo montado e toda a parafernália disposta ao redor dele, esperando para ser colocada em prática, enquanto vários funcionários corriam para lá e para cá.

Avistou um conjunto de portas acima da enorme tenda circense central e sorrateiramente caminhou pelas pessoas até lá. Leu nas placas das portas os nomes de vários figurões daquele filme, até encontrar finalmente o nome que desejava na última porta. Parou, olhou ao seu redor e viu que todos estavam atarefados, absortos em seus próprios afazeres. Assim, virou-se e girou a maçaneta – que não impôs resistência alguma! *Aberta, como sempre,* pensou. Entrou naquele pequeno cômodo, observou-se rapidamente no espelho à sua frente, logo acima de uma grande escrivaninha lotada de coisas, e procurou um lugar confortável, terminando por se sentar em uma cadeira ao lado direito da porta.

Cruzou as pernas e esperou. Esperou e esperou. O relógio na parede à sua frente arrastava sem pressa o ponteiro maior, marcando 45 minutos após as 9 horas da manhã. Esperou e esperou. O ponteiro menor finalmente atingiu o número 10 – mas ainda teria que esperar mais. Sentiu-se impaciente e trocou a perna que estava por cima da outra. Pelo que tinha sido informada, deveria esperar somente um pouco mais. Porém, sentiu que os minutos passavam como se fossem horas. Sua mente começou a devanear, até que a porta ao seu lado enfim se abriu! Um homem entrou rapidamente e sentou-se na cadeira defronte ao espelho. Procurou alguma coisa na escrivaninha e levantou seu rosto para começar a se maquiar. Seus olhos se cruzaram no espelho. A cadeira dele virou velozmente.

– Fique tranquilo, Sr. Chaplin, e não grite, por favor. Eu vim aqui para levar o senhor para o futuro.

Pôde ver uma expressão de perplexidade e incredulidade formar-se à sua frente. Um riso nervoso a rompeu.

– Muito engraçado. Vou dar um autógrafo para a senhora e depois vou pedir para que se retire do meu escritório, por favor.

As palavras foram despejadas com um sotaque londrino forte, que dificultou a compreensão de Beatriz. O homem encontrou um caderninho na escrivaninha e começou a procurar uma caneta.

– Sr. Chaplin, acredito que não haverá necessidade desse autógrafo. – Beatriz tentou manter seu inglês o mais claro possível. – Além do mais, acredito que o senhor saiba exatamente a razão pela qual estou aqui, portanto não há por que perdermos tempo com esse tipo de coisa.

– A razão? Claro, claro! – Ele encontrara uma caneta-tinteiro e estava assinando seu nome em uma folha do caderninho. – Para quem devo endereçar o autógrafo?

– Sr. Chaplin, não haverá autógrafos. Eu estou aqui para levá-lo para o futuro, exatamente como o senhor nos contratou para fazer, portanto preciso...

Nesse momento, pareceu a Beatriz que seu inglês realmente não estava sendo compreendido. A expressão de espanto que viu foi tamanha, que engasgou em suas próprias palavras.

– Isso foi a coisa mais interessante que já ouvi de uma fã para conseguir falar comigo. – Arrancou a folha do caderno. – Aqui, pegue. – Estendeu o papel para Beatriz, já se colocando de pé. A mulher o acompanhou. – Agora, por favor, peço gentilmente que você saia do meu escritório, pois ainda tenho que me maquiar e rodar várias cenas hoje.

– Espere, Sr. Chaplin, sua viagem...

Ele abriu a porta e foi empurrando a mulher para o lado de fora.

– Mas você pode ficar à vontade para acompanhar as filmagens.

– ... já está toda acertada, o senhor não precisa se preocupar...

– Tchau! – E acenou com um sorriso lacônico.

A porta bateu com força à sua frente. Pela primeira vez em toda a sua carreira, tinha sido dispensada por um contratante. Deu três batidas vigorosas à porta, que – após um sonoro palavrão – foi aberta novamente.

– Sr. Chaplin, não há mais como o senhor mudar de ideia em relação...

– Tome, um dos meus bigodes falsos para uma grande fã!

Beatriz pegou instintivamente o pequeno chumaço de pelos e a porta novamente foi fechada. Observou perplexa o minúsculo bigode e chacoalhou sua cabeça incrédula. Isso definitivamente nunca lhe tinha acontecido antes!

CAPÍTULO 14

MANHÃ DO DIA 04/10/1926
CALIFÓRNIA, ESTADOS UNIDOS

Beatriz caminhava de um lado para o outro, incrédula. Tentava fazer seu cérebro solucionar o enigma maluco que aquele caso estava virando.

Será que ele se esqueceu de que nos contratou?, pensava consigo mesma.

Impossível! A contratação deve ter acontecido poucos dias atrás... uma semana, talvez, respondeu-se. *Chaplin é um ator, com certeza com excelente memória. Não, ele não se esqueceu, deve estar fingindo.*

Mas por que ele fingiria que não se lembra do que contratou? Será que mudou de ideia?

Não, também é impossível ele ter mudado de ideia. Ele foi avaliado, assinou o contrato, nos pagou. Não, não deve ser isso.

Eu deveria avisar o Daniel. Ele precisa saber disso.

Mas ele vai me dar um esporro tão grande por não estar cumprindo meu trabalho sozinha.

É, talvez seja melhor não envolver o Daniel agora.

Nesse momento, viu Chaplin sair de dentro de seu camarim, vestido com um par de calças bem largas, uma camisa branca com uma gravata preta torta, um paletó apertado, um chapéu-coco e um par de sapatos bem maiores do que o seu pé. Seu rosto estava sujo e com um pequeno bigode. Em sua mão esquerda, uma bengala era distraidamente chacoalhada. Beatriz não pôde conter um riso ao ver seu caminhar, agora que Chaplin estava inteiramente vestido de Carlitos. O homem perdeu-se na multidão de funcionários e figurantes, pronto para mais um dia de filmagem.

Merda! Não posso perder ele de vista!

Buscou segui-lo a distância, tentando sempre mantê-lo ao alcance de seus olhos. Parou na área de alguns animais e decidiu ficar próximo a uma zebra, que iria acobertá-la enquanto observava seu contratante. Viu-o conversar longamente com algumas pessoas, e, por fim, começaram a gravar uma cena em que Carlitos dormia em uma carroça, quando o dono do circo o encontrava e lhe oferecia um emprego naquele lugar. Enquanto a cena era repetida dezenas de vezes, o cérebro de Beatriz não parava de funcionar, tentando compreender o que se passava ali.

Talvez o melhor seja mesmo avisar o Daniel. Ainda tentava se convencer de qual era a melhor solução.

Mas ele vai ficar muito bravo!

É, vai. Mas ele vai poder me ajudar.

É, vai.

Sacou o celular temporal de sua bolsinha e, nos contatos favoritos, encontrou a imagem de Daniel. Tocou nela e o celular começou a discar seu número. Para sua sorte, a viagem no tempo da Déjà Vu incluía não somente o envio de pessoas pelo passado e presente, mas também o tráfego de dados através do tempo. Graças a isso, seu telefone conseguia transmitir seus dados para 2112, onde uma torre de radiofrequência era capaz de convertê-los para que a ligação funcionasse normalmente, efetuando o mesmo caminho de volta para o passado.

– *Oi* – disse uma voz impaciente do outro lado da linha.

– Oi, Daniel, tudo bem?

– *Aham.*

– Olha, eu tô com um probleminha naquele caso do Chaplin. Ele... – Alongou longamente cada letra, procurando a melhor forma de colocar a situação para seu chefe. Enquanto falava com ele, caminhava por trás da zebra, com o celular na orelha, esquecendo-se por completo de que estava em uma época em que aquele aparelho ainda não existia e correndo o risco de ser pega pelas câmeras que rodavam o filme, podendo ir parar em vídeos de teoria conspiratória do início do século XXI, quando a viagem temporal ainda não tinha sido inventada. – Ele não está querendo viajar comigo.

– *Como assim?* – A voz do homem já soava mais alta.

– É, ele fingiu que não sabia de nada e me expulsou do camarim dele. Não consegui levá-lo para o futuro.

Beatriz teve que tirar o telefone de perto da orelha, pois Daniel agora gritava a plenos pulmões. Depois de vários palavrões serem vociferados, Beatriz pôde voltar a ouvir a bronca.

– *Você precisa voltar lá AGORA e viajar com ele! Ele assinou essa merda desse contrato justamente porque ele quer fazer essa viagem, portanto volte lá e acabe com isso AGORA!*

– Ok, Daniel. Vou tentar fazer isso.

– *Tentar, não! Vai FAZER! Tchau!*

Ele desligou. Beatriz ficou longamente observando o celular, primeiramente arrependida de não ter ouvido a si própria e não ter ligado para seu chefe, e segundo, tentando fazer sua mente chegar a uma forma de resolver aquele problema.

Por que raios ele está agindo assim? O que será que ele está escondendo?

Sorriu, ainda olhando fixamente para seu celular.

E ele estiver me testando só? Para saber se eu realmente vim do futuro ou não?

Continuou a sorrir, bastante satisfeita consigo mesma. Guardou o celular na bolsa e andou com firmeza de volta para a porta do camarim de Chaplin, sem se importar em continuar a observá-lo. Encontrou a porta ainda destrancada e entrou, para mais uma vez esperar na mesma cadeira, buscando repetir a cena. Por cerca de duas a três horas aguardou pacientemente. Até que, por fim, tomou um susto com a porta abrindo-se com força e vivacidade.

– Não acredito, você de novo? – bradou Chaplin. – Vou ter que chamar...

– Eu entendo que o senhor esteja se questionando se eu realmente vim do futuro. Pois bem, veja!

Beatriz se levantou, celular erguido na mão, buscando mostrá-lo o mais próximo possível do rosto do homem. A tela acesa iluminava os olhos de Chaplin, deixando transparecer seu olhar de espanto e medo. Ele deu um salto para trás e começou a gritar.

– SOCORRO! SOCORRO!

De súbito, dois homens entraram no pequeno recinto e arrancaram Beatriz de lá. Havia sido expulsa do estúdio. Agora Daniel iria ter um motivo para ficar furioso de verdade.

CAPÍTULO 15

NOITE DO DIA 04/10/1926
CALIFÓRNIA, ESTADOS UNIDOS

Ao fundo, o gigantesco letreiro "HOLLYWOODLAND" permanecia imponente, demonstrando toda a pujança daquela região, que ainda não havia atingido seu ápice. Lá embaixo, na Cove Way, futura Summit Drive, podia-se ver uma mulher impotente, demonstrando toda a ruína em que se encontrava naquele momento. Tal qual os anos vindouros de total abandono do letreiro, nos quais seria praticamente impossível ler a frase no sinal, tamanha sua decadência, era o estado atual daquela mulher.

Beatriz caminhava afoita de um lado para o outro, buscando rearranjar seus pensamentos. Em toda sua carreira, nunca sofrera com o fato de um contratante não querer fazer sua viagem temporal, por isso não tinha a mínima ideia de como agir. Nunca houve um treinamento sobre isso, talvez porque nunca tivesse acontecido antes. O processo de contratação era bastante rígido, justamente para que houvesse a plena certeza de todas as partes envolvidas nesse processo. Para piorar ainda mais a sua situação, o sistema todo era planejado para que a viagem de volta fosse feita sempre com duas pessoas, o que na prática queria dizer que, se não conseguisse reverter esse cenário, ficaria presa para sempre naquele passado.

Tremeu inteira só de imaginar que poderia viver para o resto de sua vida no começo do século XX. *Não! Tem que haver uma solução*, refletiu consigo mesma. Por ora, precisava de outro momento com Chaplin, para tentar uma vez mais convencê-lo a mudar de ideia. Precisava também avisar o seu chefe de que tinha realmente um problema enorme em mãos. Tremeu novamente ao imaginar que teria que ligar mais uma vez para Daniel. Chacoalhou a cabeça e disse para si mesma que conseguiria sair daquela situação sem ter que falar novamente com ele.

À sua frente estava uma enorme mansão, em um estilo que poderia ser chamado de algo como um "gótico californiano". Imensas janelas chamavam a atenção, impávidas, voltadas para o oceano. Beatriz estava parada defronte a uma grande porta branca, de madeira de lei. Girou a maçaneta suavemente, que cedeu sem esforço algum. Viu-se em um saguão amplo e alto, com uma sacada de balaústres acima e uma escada logo à frente. Olhou ao seu redor para ver se havia alguém ali e imaginou que os criados deveriam estar todos em seus cômodos. Subiu a escada e, na escuridão do andar superior, quase bateu em um gongo oriental que havia no canto, o que causaria um enorme estardalhaço.

Em passos silenciosos, foi caminhando seguindo um som que vinha de algum dos cômodos. Ao se aproximar, percebeu que se tratava de um rádio ligado no quarto mais ao fundo do corredor – a porta entreaberta permitia escutar claramente a notícia sobre o jogo de beisebol que aconteceria no dia seguinte, valendo pela World Series, a série final do campeonato americano desse esporte, disputada naquele ano por St. Louis Cardinals e New York Yankees. Puxou seu celular temporal de sua bolsinha, deu alguns cliques nele e empurrou delicadamente a porta, que se abriu, sem emitir qualquer ruído. O enorme quarto parecia ainda maior com a pouca mobília presente nele: duas camas, uma mesa, uma cadeira, um telescópio em uma das janelas e um enorme e puído tapete persa disposto centralmente. Na cama ao fundo, mais próxima das janelas, um homem encontrava-se sentado, de costas para a porta.

– O Cardinals vai vencer amanhã por 4 a 0. O jogo vai se atrasar por cerca de meia hora, devido a uma chuva muito forte. Haines vai fazer o único *home run* do jogo.

O homem virou-se para Beatriz com uma expressão de quem não conseguia compreender o que se passava ali.

– E o Cardinals vai vencer essa World Series.

– Como...?

– ... entrei aqui? A porta estava aberta. Como sei disso? Porque está tudo aqui em um aplicativo sobre esportes, no meu celular, Sr. Chaplin.

Ele se levantou de sobressalto ao rever o aparelho que ainda naquele dia o havia ameaçado.

– Peço calma, Sr. Chaplin, não vou lhe fazer mal. Porém, precisamos conversar.

– O que quer de mim? Por que está me seguindo?

Beatriz deu um sorriso nervoso. Virou seu rosto em direção à mesa e em cima dela viu um surrado dicionário Webster. Passou a mão sobre sua capa, despretensiosamente.

– Ousadia. Essa foi a palavra que disseram ser a qualidade essencial de um agente histórico, quando me contrataram. Claro que eu sempre gostei da diversão de voltar ao passado, conhecer culturas novas, períodos novos, usar roupas antigas, estudar os costumes dos séculos passados. Mas, no fim, a ousadia é de fato necessária para invadir lugares, falar com pessoas desconhecidas, fazer-se invisível em épocas tão distintas... – Virou-se para ele. – Sr. Chaplin, eu trabalho para uma empresa chamada Déjà Vu, cujo trabalho é levar pessoas para o futuro e lá dar um novo começo, uma nova história para elas. O senhor nos contratou e eu vim aqui para levá-lo para uma vida calma na Suíça, em 1998.

– Loucura. A palavra que te define é loucura. Você é completamente louca.

Beatriz olhou no fundo dos olhos daquele homem. Podia ver que sua perplexidade era genuína, misturada com doses de adrenalina e pavor.

– O senhor tem certeza de que não nos contratou, Sr. Chaplin? De que nunca ouviu falar na Déjà Vu?

– Eu não tenho ideia do que você está falando e eu nunca contrataria algo tão maluco.

Beatriz sentia que agora eram os seus olhos que exprimiam pavor e perplexidade.

– Desculpe, mas eu preciso levar o senhor para o futuro, custe o que custar.

Em seu celular, colocou seu polegar direito e ligou a primeira chave temporal. Abriu sua bolsa e tirou o contrato e uma caneta de dentro dela, para conseguir a segunda chave, mas não foi capaz de avançar um passo sequer. Chaplin, com uma agilidade incrível, saltou sobre as duas camas e empurrou Beatriz com seu ombro direito, arremessando-a para cima da mesa, então saiu em disparada para fora do quarto. A mulher recompôs-se rapidamente e pôs-se a correr para fora dali. Esbarrou no gongo oriental, fazendo tanto barulho que os berros de Chaplin chamando seus criados foram abafados. Desceu às pressas a longa escada e atravessou a porta como um tiro, só parando de correr quando já estava fora da propriedade do ator.

Pela segunda vez no dia tinha sido escorraçada por aquele que viera buscar.

CAPÍTULO 16
MANHÃ DO DIA 21/07/2112
SÃO PAULO, BRASIL

– **O quê?** – Thiago gritava com uma mistura de desespero e exasperação.

– Fala baixo, Thiago, as pessoas podem te ouvir aí! – Beatriz tentava acalmá-lo pelo telefone, falando de quase duzentos anos no passado. – É isso, eu tenho a mais absoluta certeza: o Chaplin não nos contratou para esse serviço!

– Mas isso é muito sério, Beatriz. Isso vai te deixar presa aí no passado! Você lembra que só tem 48 horas para voltar a partir do momento que a viagem acontece, não é?

A mulher sentiu sua barriga queimar. Sentada na privada de um banheiro fedido, para que não a vissem falando ao telefone celular, sentiu que o café que tomara naquela cafeteria do início do século XX, a princípio de um sabor inteiramente diferente dos cafés repletos de agrotóxicos e produzidos em larga escala que ela estava acostumada a tomar no século XXII, agora lhe pesava no estômago ao ouvir sua sina em alto e bom som. Sabia que já tinha se passado um dia desde que chegara, então tinha disponíveis apenas mais poucas horas antes de o sistema fechar de vez sua única porta para seu tempo.

– Não, isso não vai acontecer. Eu já falei com o Daniel, ele tem que me ajudar...

– Você sabe muito bem que ele não vai acreditar em você!

– Thiago, isso nunca aconteceu antes! A gente precisa estudar cada detalhe, entender como alguém pode ter falsificado a assinatura dele para quebrar a Regra Número 1.

– Beatriz, você não está tendo conclusões precipitadas demais? Falsificação de assinatura? Quem te garante que ele não está só mentindo para você? Ele é um dos melhores atores da história, pode facilmente...

Thiago ouviu a mulher bufar irritadamente do outro lado da linha.

– Mas que merda, você não acredita em mim? Eu te disse, ele foi completamente sincero em todos os momentos! Não! Ele não está mentindo. Ele não contratou a gente e eu tenho certeza disso. Só não consigo entender como isso pode ter acontecido, e por isso eu preciso da sua ajuda.

– Beatriz, se isso que está falando é verdade, e eu acredito em você, então você não precisa tentar entender, mas sim dar um jeito de cair fora daí. Até porque você não tem tempo para isso. Eu vou falar com o Daniel aqui pra gente criar um trabalho no sistema e ir te buscar aí no passado. Depois que você estiver segura aqui, a gente apura direitinho como que isso foi acontecer.

– É, acho que você tem razão.

– Fica tranquila que vai dar tudo certo, ok? Me conta, como foi dormir em 1926?

– Péssimo! Passei a noite em um hotel barato de beira de estrada, com uma cama horrorosa. Saudades da Atena nessas horas.

– Então deixa que eu vou lá falar com o Daniel e te tirar daí. Me liga daqui a uma hora, tá bom?

– Ok. Muito obrigada, Thiago.

– *Imagina. Um beijo.*

Thiago ouviu a mulher despedir-se e desligou seu celular. Parou por alguns minutos observando o chão, sua mente tentando juntar os pedaços daquele quebra-cabeça maluco que tinha acabado de ouvir. *Será que a Regra Número 1 tinha sido quebrada? Mas como? Será que o Chaplin está só mentindo e a Beatriz que não percebeu?* Negou essa última pergunta, afirmando para si próprio que conhecia aquela mulher e sabia que ela era competente e inteligente para ter percebido, caso fosse uma mentira. Além do mais, estaria do lado dela, independentemente de ela ter se equivocado ou não.

Levantou-se e pegou o elevador para o nono andar. Beatriz estava em apuros e não queria perder tempo, até porque *tempo* era o que ela menos tinha naquele passado longínquo. Era como se ela estivesse perdida em um país desconhecido, com a diferença de que ela não poderia ser ela mesma, caso contrário seria considerada completamente louca. Enquanto o elevador subia, foi estruturando em sua cabeça como teria aquela conversa com Daniel. Sabia que ele era uma pessoa muito difícil e queria resolver aquilo da maneira mais simples e indolor possível. Pensou em uns três cenários diferentes e optou por uma abordagem mais direta.

Ao chegar ao andar, cruzou o largo corredor e encontrou a porta da sala de Daniel entreaberta. Deu duas batidas gentis à porta e pediu-lhe licença.

– Desculpe, Daniel, posso falar com você por um minuto?

– Mas é claro. Entre e feche a porta.

A inflexão amistosa na voz do homem fez com que Thiago se sentisse um pouco mais aliviado: parecia que ele estava com um ótimo humor. Fechou a porta, e, antes de poder dar início à conversa, Daniel já se adiantou:

– Deixa eu adivinhar: veio falar que não vai à festa do seu xará da contabilidade na semana que vem?

– Ah... não, não. Na verdade, eu vim aqui para lhe dizer que temos um problema enorme.

– Espera, acho que eu sei.

Thiago franziu o cenho, estranhando aquela resposta. Daniel complementou:

– A Beatriz se envolveu em um caso de quebra da Regra Número 1. Não era isso que você queria me dizer, Thiago?

Agora até mesmo seu estômago gelou por completo.

– Sim. Que bom que você já sabe, porque...

– Thiago, eu não tenho a mínima ideia de por que você veio aqui falar comigo. Quer dizer, *eu tenho ideia* – deu um sorriso malicioso –, mas sinceramente não quero ouvir mais nada! Acredito que vocês tenham se conversado e, antes que eu decida te incriminar por ser cúmplice dela, quero que diga a ela que se entregue imediatamente, pois já estou enviando uma equipe para o passado a fim de trazê-la de volta por quebra da Regra Número 1! E ela será demitida, isso se não acontecer algo pior!

– Como? – gaguejou.

Daniel riu sarcasticamente.

– Pelo visto você foi enganado por ela, não é? O que foi? Ela te disse que não sabe o que está acontecendo? Pois ouça isso aqui.

Ele ligou uma conversa gravada em seu computador. De um lado da linha, o próprio Daniel falando um inglês fluente. Do outro lado, o agente de contratação direto de 1926, nos

Estados Unidos. O homem confirmava – por mais de uma vez – que nenhum Charles Chaplin havia contratado seu serviço, apesar de ele querer muito que isso acontecesse, por ser um grande fã do ator.

Thiago ficou estático, os olhos estatelados observando Daniel.

– Assim que a Beatriz me ligou eu contatei o Bob. E, como você mesmo pôde ouvir, ele não emitiu contrato nenhum. Ou seja, a Beatriz deve ter de alguma forma manipulado isso tudo e eu não...

– Não pode ser, Daniel! Você não acha que, se ela tivesse de alguma forma manipulado esse contrato, ela já o teria terminado? Ou sei lá, nem teria te ligado? Pois ela está lá agora, sem conseguir fazer o Chaplin voltar com ela!

– Justamente porque não foi o Chaplin quem a contratou! Ele não sabe desse embuste dela! E, sinceramente, isso eu não vou admitir! Agora, se você não tem nada de mais importante para me dizer, por favor, saia da minha sala. Ainda tenho muito trabalho a fazer limpando as merdas da Beatriz. Te vejo semana que vem lá na festa!

Perplexo, saiu mudo da sala. Depois daqueles últimos minutos, nada mais na sua cabeça fazia sentido.

CAPÍTULO 17
MANHÃ DO DIA 05/10/1926
CALIFÓRNIA, ESTADOS UNIDOS

Beatriz mastigava calmamente um pedaço de panqueca de mirtilo, sem dar muita atenção ao sabor daquela comida. Sua cabeça processava uma enxurrada de informações ao mesmo tempo, tentando arranjar uma solução para não ter de passar todas as outras noites da sua vida naquele lugar. Lembrou-se de que teria dinheiro para viver somente mais um dia e que, se fosse ficar ali por mais tempo, teria que arranjar alguma forma de conseguir mais dinheiro.

Pôs na boca outro pedaço de panqueca, tentando não pensar no cheiro do colchão de onde dormira. Estremeceu toda. Falou para si própria que Thiago e Daniel iriam ajudá-la a sair daquela enrascada. Estremeceu toda novamente. Achou estranho isso acontecer dessa vez e olhou ao redor de sua mesa. Percebeu que o que tremia na verdade era a sua bolsa e, ao abri-la, viu que o seu celular vibrava freneticamente, com o nome "Thiago" brilhando na tela. Correu para o banheiro novamente para poder atendê-lo.

– Thiago! Não era para eu te ligar daqui a uma hora?

– Beatriz! Olha, eu não sei o que você aprontou, mas o Daniel está enviando uma equipe aí no passado para te buscar por quebra da Regra Número 1! E falou que vai te demitir assim que você chegar, pra não falar em algo pior.

– O quê? Mas como?

– Ele ligou para o agente de contratação, que confirmou que não fez nenhum contrato com o Chaplin. E agora ele está alegando que isso tudo é algum esquema armado por você que acabou não dando certo. Beatriz, o que está acontecendo de verdade?

– O quê? Ele tá doido? Eu não fiz nada de errado!

– Olha, Beatriz, não sei mais o que pensar... De qualquer maneira, pelo menos você vai conseguir sair daí...

– O quê? Nem fodendo! Eu não vou sair daqui desse jeito! Perder meu emprego e ainda correr o risco de ser presa por sequestro? Eu não fiz nada de errado, Thiago.

– Beatriz, isso você prova aqui. Daí do passado você não vai conseguir provar nada.

– Mas, se eu for levada à força, aí é que eu não vou conseguir provar nada mesmo! Vou estar praticamente assinando minha confissão. Não, eu prefiro ficar aqui do que deixar isso acontecer!

Desligou o telefone enquanto do outro lado da linha o homem ainda tentava convencê-la do contrário. Guardou o aparelho na bolsinha e saiu às pressas do banheiro. Ao sair, viu dois homens encostados no balcão que não estavam ali anteriormente. Vestidos com jaquetas de couro, calça jeans e camiseta branca, eles destoavam daquele lugar, com aquelas roupas que só viriam a ser populares cerca de trinta anos depois. Parou, estática, calculando que teria que inevitavelmente passar por eles para conseguir sair daquele lugar. Decidiu se sentar de volta à sua mesa e serviu-se de um belo pedaço de panqueca. Os dois homens caminharam em sua direção e sentaram-se ali, no banco vazio que havia na sua frente.

– Beatriz, precisamos que você venha com a gente.

A mulher continuou a mastigar, sem pressa alguma. Engoliu devagar, olhando sem expressão para os dois homens.

– Claro! Deixa só eu passar um batom.

Colocou sua bolsa em cima da mesa e a abriu rapidamente.

– Não há a necessi...

Ele não conseguiu terminar a frase. Beatriz arrancou seu celular temporal de dentro da bolsa e estava de pé, pronta para tirar uma *selfie* com a garçonete que passava. Um dos homens se levantou e a segurou, mas ela deu um grito que fez com que todos da cafeteria olhassem para aquela confusão. No lapso de dúvida daqueles homens entre permitir que um objeto do futuro fosse exposto ou cumprir a missão de agarrar aquela mulher e levá-la de volta para 2112, Beatriz se soltou e exclamou aos berros que queria tirar uma foto da frente daquele lugar, caminhando a passos rápidos para a saída, exibindo a todos seu reluzente aparelho móvel. Quando os capangas se deram conta de que estavam fazendo papel de tontos, pois aquela dúzia de pessoas sequer conseguiria conceber o que Beatriz segurava, ela já estava na porta, correndo em disparada para a rua.

Correu por um quarteirão, segurando seu chapéu com uma mão e o celular com a outra. Olhou para trás e viu que os homens a seguiam, correndo mais rápido do que ela. Praguejou pelo fato de que fazia poucos exercícios e sabia que não iria aguentar correr nem por cinco minutos naquela velocidade. Virou uma esquina, tentando despistá-los. Completamente inútil, eles viraram também. Já começava a sentir dores na lateral do peito quando ouviu gritos ao longe, chegando cada vez mais perto. Virou uma rua à esquerda e deu de encontro com uma multidão marchando lentamente. Esgueirou-se no meio das pessoas, já completamente exausta, checando sempre se continuava sendo seguida. Viu de longe que os dois homens chegaram até o agrupamento, olharam para ver se a reconheciam e, admitindo seu insucesso – e seu profundo cansaço –, desistiram da perseguição para respirarem fundo.

Beatriz também respirou fundo enquanto era levada para frente pela marcha. Observou melhor ao seu redor e viu que a multidão devia ter pouco mais de uma centena de pessoas, mas elas estavam tão próximas umas das outras que pareciam estar em grande número. Reparou que só havia mulheres e elas recitavam em uníssono as palavras "Meu corpo", e algumas mostravam cartazes com inúmeros dizeres em inglês, como "Vamos nos embebedar e transar" e "Meu corpo, minha propriedade". Ao seu lado, uma garota por volta de seus 25 anos acompanhava a multidão com um sorriso de imenso prazer estampado em seu rosto. Ela vestia um vestido preto com uma gola em "V" enorme, um belíssimo colar de pérolas adornando o entorno da gola. Seu cabelo em um corte chanel na altura da orelha salientava seu rosto, carregado de maquiagem.

– Oi, tudo bem? – dirigiu-se a essa garota, enquanto escondia seu celular em sua mão direita. – Prazer, Beatriz.

– Olá! – Seu sotaque da Costa Leste era o que facilitava a compreensão de Beatriz em meio ao barulho das pessoas ao seu redor. – Que nome engraçado! O meu é Srta. Long, mas pode me chamar de Lois.

– Ah, sim. Olha, Lois, eu acabei de chegar aqui e queria entender melhor... bom, entender melhor vocês aqui.

A jovem mulher riu, claramente se divertindo com a esquisitice da outra.

– Para ser sincera, eu também vim aqui para entender melhor a gente. – E riu um sorriso solto. – Eu não sou daqui também. Fiquei sabendo dessa marcha e vim para cá acompanhar. Ao que me parece, estamos pedindo a liberdade de sermos quem queremos ser, de bebermos à noite em um bar, de transarmos com quem quisermos.

A reação de espanto de Beatriz não pôde ser controlada: preceitos tão básicos para ela, uma mulher do século XXII, pelos quais aquelas mulheres ainda precisavam lutar ali, no início do século XX.

– É que eu não sou daqui, sabe... Só estava passando e...

– Não precisa se justificar! – Ela estava visivelmente se divertindo com a ausência de conhecimento da outra.

De súbito, a marcha parou. Beatriz não conseguiu ver o que havia acontecido, mas aproveitou o momento para se despedir de sua nova conhecida e desaparecer em uma rua lateral que estava vazia. Enquanto caminhava, em seu celular, digitou "marcha mulheres EUA 1926" no Google. Seu monitor mostrava um símbolo de que os dados estavam carregando e impacientemente xingou pela demora – enviar dados de ida e volta para o futuro não era rápido nem em 2112! Longos segundos depois, encontrou inúmeras páginas relatando movimentos e ideias do início do século XX, mas nada relativo àquela marcha específica. Chegou a procurar alguma conexão com a cidade de Los Angeles, mas não encontrou nada.

Já longe, a multidão apanhava violentamente dos policiais que a pararam, justamente apagando dos buscadores do futuro qualquer sinal da existência daquela passeata. Os olhos de Beatriz cruzaram com os da sua recém-conhecida a distância, já afastada da multidão. Ela se virou e desapareceu.

CAPÍTULO 18

TARDE DO DIA 21/07/2112
SÃO PAULO, BRASIL

Empurrou o pedaço de carne para o lado, mexendo displicentemente na comida enquanto a olhava longamente. O restaurante lotado emitia sons de pratos e talheres misturados com as conversas animadas de diversas pessoas. Mas não conseguia prestar atenção a nada. Não conseguia comer. Não conseguia pensar em outra coisa. As últimas horas de Thiago tinham lhe trazido um turbilhão de notícias que demolia tudo aquilo em que antes acreditava e que achava que sabia.

A Beatriz envolvida com quebra da Regra Número 1?

Não, não pode ser. A história toda é esquisita demais, não faz sentido!

Suspirou fundo e jogou o bife para o outro lado do prato.

Se ela estivesse envolvida, então por que me contatar, contatar o próprio Daniel? Não faz sentido inventar tudo isso. Tem algo muito errado nessa história.

Sentiu seu bolso vibrar com força. Sacou seu celular e viu uma mensagem de Beatriz brilhando na tela: "Cheque a assinatura do contrato".

Parou com os olhos estatelados, largando o garfo no prato. Mas é claro! *O contrato*. Saiu correndo do restaurante, largando sua comida intacta no prato.

Na Déjà Vu, todo e qualquer trabalho exigia um contrato firmado entre a empresa e o contratante. Esse contrato continha todo o aparato jurídico necessário para resguardar ambas as partes, e continha também uma informação muito importante para Beatriz e Thiago nesse momento: uma assinatura. Se essa assinatura fosse mesmo a de Chaplin, então isso poderia mostrar que o agente de contratação estava mentindo – e consequentemente salvar a pele de Beatriz. Felizmente, a base de dados da Déjà Vu continha uma série de exemplos da firma de todos os contratantes, justamente para que um funcionário pudesse fazer essa verificação a qualquer momento.

Entrou no escritório caminhando apressadamente, tentando conter sua ansiedade. Sentou defronte de seu iHolo e acionou o modo privado da máquina, garantindo-lhe que as palavras e imagens fossem projetadas em um fundo escuro, tornando-as visíveis somente para ele, o que lhe permitia mais discrição para fuçar nos arquivos. Por sorte, trabalhar no TI lhe dava acesso a praticamente todas as pastas da empresa, uma brecha na segurança com que nenhum de seus chefes jamais se importou. Desceu vários níveis de pastas até chegar a uma com o nome "CONTRATOS" e, logo após, outra com o nome "BEATRIZ PRATA". Deu um duplo clique no ar com sua mão direita e uma sucessão de palavras foi projetada à sua vista. Ajustou o zoom e em voz alta solicitou que a última página fosse exibida.

Ali estava o que procurava. Duas palavras em um manuscrito levemente tremido, escritas por uma caneta esferográfica azul, que poderiam lhe dizer muito. Parou um momento para apreciar a simetria entre as duas palavras, até que por fim pediu para seu computador abrir o software de comparação de assinaturas. Como havia participado da implementação daquele sistema, conhecia-o quase tão bem quanto aqueles que o usavam em seu dia a dia.

Com ambas as mãos fez movimentos para tirar uma imagem da firma do contrato e jogá-la dentro do software, que iniciou a busca em seu banco de dados. Aguardou por alguns instantes, até que o sistema lhe respondeu com um aviso de "SUCESSO". Mostrando uma dezena de pontos em comum, não havia dúvidas para o computador: a assinatura do contrato era verídica e pertencia ao próprio Charles Chaplin!

Thiago suspirou aliviado. Pediu para o sistema copiar a tela com a mensagem de confirmação da assinatura e enviá-la para o celular de Beatriz. Ela precisava receber o quanto antes essa notícia!

Nenhuma resposta chegou nos segundos seguintes. Seu cérebro começou a processar aquela informação, e diversas perguntas passaram pela sua mente: "Se o agente de contratação estava mentindo, então por que o Chaplin se recusava a voltar?", "Será que não havia outra forma de manipularem aquele contrato, falsificando a assinatura dele de outra maneira?", ou pior, "Será que o sistema estava errado?".

Seu corpo chacoalhou por completo. Era impossível o sistema estar errado! Mas agora ele precisava tirar a prova. Voltou à pasta de Beatriz no computador e pegou o contrato do seu último trabalho, de dias antes: o de Getúlio Vargas. Jogou a assinatura no software e viu-o demorar mais tempo do que o normal. Vários minutos se passaram. Achou estranha aquela demora. Olhou seu celular impaciente, ainda sem nenhuma resposta da mulher. Cancelou a busca no sistema e solicitou que o mesmo abrisse uma holografia da assinatura constante na base de dados.

Na sua frente, duas assinaturas pareciam artificialmente se imitarem. A da esquerda, do contrato, mostrava um "GETÚLIO VARGAS" curvilíneo, com as duas palavras sendo interligadas pelo corte do "t" do primeiro nome. O "g" inicial era gordo, redondo, enquanto o "s" final terminava reto, sem descer para além dos outros riscos das outras letras. Do lado direito, a assinatura da base de dados parecia relativamente idêntica à outra. No entanto, Thiago aprumou seu olhar. Mudou o cursor para uma caneta marcadora e foi fazendo círculos ao redor da assinatura da esquerda.

Quando acabou, contou pelo menos dez marcações de diferenças entre as assinaturas. Seu estômago queimou. Com certeza aquela assinatura havia sido forjada.

Na tela de seu celular uma mensagem brilhou com um rostinho feliz.

CAPÍTULO 19

FIM DE TARDE DO DIA 05/10/1926
CALIFÓRNIA, ESTADOS UNIDOS

À sua frente aquela enorme mansão resplandecia uma vez mais, carregando uma dose extra de dúvidas e incertezas. Beatriz parecia sofrer certo tipo de magnetismo com aquele lugar, basicamente pelo fato de não ter nenhum outro lugar aonde ir. Sabia que tinha de continuar tentando falar com Chaplin, para compreender um pouco melhor o que estava acontecendo ali. Ficou por um bom tempo no gramado, observando a casa de longe, tentando organizar seu cérebro para o próximo movimento – mas a verdade era que não tinha nenhum próximo movimento. De súbito, sentiu sua bolsa vibrar. Viu o celular temporal brilhando dentro dela e procurou uma árvore para se fazer menos percebida com o aparelho na orelha.

– Alô.

– *Beatriz!* – Era Thiago, bastante ansioso. – *Tem algo muito errado acontecendo.*

– Olha, se você não tivesse me dito, eu não teria percebido...

– *Sem sarcasmo. Olha, depois de verificar a assinatura do contrato do Chaplin, eu fiquei pensando se o sistema não teria errado, de alguma forma.*

– Como assim? Você foi um dos que instalaram esse sistema...

– *Eu sei! Mas eu precisava tirar essa prova, pois não sou eu quem uso o sistema e faz um tempo que a gente instalou ele. Então, eu peguei o contrato do caso que você fez esta semana mesmo, do Vargas.*

– Sim, sim. E aí?

– *A assinatura é claramente falsa, Beatriz.*

Ouviu um palavrão do outro lado da linha.

– *O que é mais estranho é que eu comparei a assinatura dele no Firma, mas ele travou, por alguma razão que ainda não sei. Aí comparei no olho com a assinatura que tinha na base de dados e ela era visivelmente muito diferente da que está no contrato.*

– Não acredito nisso! Agora nada mais faz sentido. Você já contou isso para o Daniel?

– *Ainda não.*

– Pois não conte, por favor. Nem sobre a assinatura do Chaplin.

– *Mas, Beatriz, não é melhor avisar o Daniel que o agente está mentindo?*

– Seria, se ele estivesse do meu lado. Você não achou estranho eu ter dito que o Chaplin parecia não ter nos contratado e, quando ele confirmou isso com o agente, ele jogou a culpa em mim? Não, essa informação da assinatura do Chaplin só vai dar ainda mais motivos para ele me culpar de alguma forma.

– *Tem razão. Mas o que você vai fazer? Você precisa sair daí o quanto antes, senão as chaves de retorno vão se fechar! Eu até poderia tentar criar um serviço para ir te resgatar, mas isso com certeza iria custar nossos empregos e facilmente um bom processo...*

– Calma, ainda não há a necessidade disso. Eu vou me virar com o Chaplin aqui. Já tenho algo em mente.

– Ótimo! Boa sorte. Eu aqui vou tentar entender melhor por que essa merda de sistema travou. Eu lembro que esse erro não existia no projeto inicial. Se ele travar toda vez que encontrar uma incongruência na assinatura, é o mesmo que dizer que o sistema é inútil!

– Alguma possibilidade de essa falha ter sido criada de propósito?

– Sempre há.

Beatriz suspirou profundamente do outro lado da linha.

– Thiago, antes de desligarmos...

– Sim?

– Muito obrigada. Você tem sido fantástico.

– Imagina. Eu estou do seu lado...

A mulher abriu a boca para lhe responder dizendo que o amava, mas de súbito uma voz a interrompeu, petrificando-a:

– Você por aqui de novo? Por favor, entre no carro.

Ao seu lado, um carro preto luxuoso estava parado na calçada, com a janela do vidro traseiro aberta.

– Tchau, Thiago.

CAPÍTULO 20
NOITE DO DIA 05/10/1926
CALIFÓRNIA, ESTADOS UNIDOS

O cheiro de sopa de lentilha e salada de repolho se espalhava pela gigantesca casa, invadindo as narinas de Beatriz e lembrando-a de que precisava se alimentar. No caos das últimas horas, havia se esquecido de fazer refeições mais abastadas e agora seu estômago reclamava por isso. Estava sentada à uma enorme mesa de jantar, com aquele bonito homem na cadeira à sua frente, na outra ponta da mesa, fixando de maneira perscrutadora seus olhos azuis nos de Beatriz.

– Sr. Chaplin, agradeço...

– Por favor, me chame de Charlie. Detesto que me chamem de senhor. – O sotaque londrino era bem menos aparente agora que não havia nervosismo ou pânico em sua voz.

– Ok, Charlie... Agradeço imensamente que tenha me convidado para jantar em sua casa. Acredito que precisamos conversar...

– Sim, precisamos conversar. Muito. Qual é o seu nome?

– Beatriz Prata.

– Nome engraçado. De onde você é?

– Do Brasil.

Ele arqueou as sobrancelhas, com um leve ar de espanto, porém não emitiu nenhum comentário ante aquela informação.

– Sabe, faz algumas horas que o jogo do Cardinals acabou. Impressionante aquilo que você fez.

Beatriz baixou suavemente a cabeça em agradecimento. Nesse momento, um mordomo interrompeu-os, trazendo-lhes dois pratos de uma sopa de lentilha fumegante e extremamente saborosa. A mulher sorvia de forma voraz o líquido, enquanto o ator a observava de soslaio, às vezes tomando lentas colheradas junto dela. Quando ambos terminaram, ele prosseguiu com a conversa:

– Quero que me conte mais sobre essa empresa para a qual você trabalha.

Beatriz explicou de forma resumida o trabalho da Déjà Vu, sendo interrompida por vezes para tirar dúvidas do ator. Enquanto falava, o mordomo lhes trouxe dois pratos bem servidos de salada de repolho. Quando Beatriz terminou de falar, passou a comer, agora com menos voracidade do que inicialmente.

– Então... – O ator escolhia cuidadosamente suas palavras. – Se eu entendi bem, *eu* contratei *vocês* para ter uma vida mais tranquila em algum lugar do futuro?

– Na Suíça, em 1998, para ser mais precisa.

– E você que é responsável por me levar? *Você*?

– Sim. – Não entendeu bem aonde ele queria chegar com aquela pergunta. – Esse é meu trabalho!

Ele ficou por alguns segundos observando Beatriz no fundo de seus olhos, como que avaliando a possibilidade de aceitar aquela proposta que tão estranhamente lhe era oferecida. Serviu-se de uma garfada de repolho e mastigou lentamente, sem dar atenção à comida.

– Sabe... eu acredito em você – disse, por fim. – Mas detesto lhe dizer que sua empresa tem uma grande falha, pois, apesar da ideia de fugir desse inferno que a Lita está fazendo da minha vida, eu não contratei ninguém para nada disso que você me disse.

– Eu também acredito em você. Faz cinco anos que trabalho com isso e nunca vi olhos tão perplexos quanto os seus quando fui falar que iria te levar para o futuro. O grande problema que tenho em mãos agora é o fato de que não consigo voltar para o futuro sem te levar junto.

– Mas como? Não é só... sei lá... como vocês fazem para viajar no tempo?

Beatriz sorriu e tirou seu celular de sua bolsa, deixando-o em cima da mesa.

– Nós usamos esse aparelho aqui. Chama-se *celular temporal*. Ele não serve só para isso, claro. Ele serve para fazer ligações, entrar na internet, redes sociais, falar com as pessoas onde quer que elas estejam...

– Sim, sim... como você disse: serve para viajar no tempo.

Beatriz riu com a simplicidade da visão de Chaplin.

– Claro, claro. Só que eu não consigo viajar no tempo sem você. Minha viagem está vinculada a te levar, e, se isso não acontecer, eu vou ficar presa aqui para sempre. E pior: se eu não fizer isso até amanhã pela manhã, eu não consigo fazer nunca mais, pois o sistema vai fechar as portas para mim.

O homem desviou seu olhar para o lado, buscando se esquivar daquele assunto. Beatriz quebrou a inquietude daquele silêncio:

– Olha, sei que você não precisa me ajudar com nada. Mas eu gostaria de lhe pedir um enorme favor. Na verdade, um não... dois.

Chaplin parou por longos segundos observando Beatriz no fundo de seus olhos. Seu cérebro parecia funcionar freneticamente, tentando processar todas as dúvidas, todas as perguntas que tinha para fazer a alguém do futuro. Chacoalhou afirmativamente a cabeça, ainda tentando conceber a situação como um todo.

– Bom, primeiro – pegou seu celular temporal e começou a mexer nele, procurando algo – eu queria te pedir para olhar a assinatura desse contrato, por favor. Você a reconhece?

Beatriz empurrou seu celular pela longa mesa, para que ele chegasse próximo de onde estava o homem. Contudo, ele não se mexeu para pegá-lo, permanecendo olhando para ela, estático. Por fim, falou com seu sotaque londrino resplandecendo novamente:

– Eu faço seus dois favores, caso você responda a duas perguntas minhas.

Beatriz sentiu seu estômago queimar. Era muito comum os contratantes quererem tirar dúvidas acerca do futuro, quase sempre relacionadas à data de sua morte ou da morte de alguém próximo. Como praxe, os agentes históricos não respondiam a essas perguntas, dizendo que os contratantes poderiam ver as respostas com seus próprios olhos, uma vez que iriam para o futuro. Contudo, essa resposta não lhe serviria nesse momento. De mãos atadas pela situação, chacoalhou a cabeça afirmativamente, assim como ele havia feito anteriormente.

– Quando eu irei morrer?

Beatriz riu e virou seus olhos para o prato vazio à sua frente.

– O que foi? Por que a graça?

– Essa é a pergunta que praticamente todo mundo me faz. Geralmente eu dou uma resposta padrão, ou me esquivo de responder por completo – suspirou fundo –, mas vou lhe dizer a verdade.

Ele lhe fez uma mesura em agradecimento.

– A verdade é que não sei, Charlie.

– Como assim? Você só pode estar brincando comigo!

– Não, não é isso. É que, ao vir para cá, eu com certeza gerei uma realidade paralela para você, que não necessariamente pode ter o mesmo fim da que eu conheço atualmente. Inclusive, essa conversa pode alterar tudo também. Fato é que em alguma realidade paralela o senhor morrerá dormindo na noite de Natal de 1977. Se será nesta ou não... eu não consigo lhe dizer.

Os olhos dele buscaram montar a imagem de uma morte serena, em uma enorme casa toda decorada com imagens natalinas e uma lareira com o fogo crepitando. Viu-se sozinho, sem ninguém para chorar pela sua perda, a despeito da fama que seu nome atingira. Despertou de seu sonho ouvindo um pigarro do outro lado da mesa. Recompôs-se e pegou o celular que estava à sua frente.

– Essa é a assinatura digitalizada do contrato.

– Digi...?

– Desculpe. Quer dizer que o contrato foi assinado em papel, como você conhece, mas que guardamos uma cópia dele aí no celular. Como uma fotografia, mas aí na tela.

– Entendo. Bom, a assinatura com certeza é minha, apesar dessa estranha cor dela. Quem a falsificou fez um excelente trabalho!

– Sim... – A mulher ficou longamente olhando para o ator. Algo parecia não se encaixar ali. Por fim, submergiu de seus pensamentos. – Agora preciso de sua ajuda para o segundo favor.

Beatriz levantou-se e sentou-se na cadeira ao lado de Chaplin. Apontou para seu celular, que ainda estava na mão dele.

– Como já te falei, tenho só até amanhã cedo para voltar para meu tempo. E meu chefe não está acreditando que você não contratou nossos serviços. Então, eu vou usar meu celular para ligar para ele e preciso que você conte a ele a verdade. Só assim ele vai acreditar em mim e me tirar daqui.

– Tudo bem. Mas você também deve a resposta para a minha segunda pergunta.

Beatriz assentiu de leve com a cabeça.

– No seu tempo, vocês ainda assistem aos meus filmes?

Beatriz não pôde deixar de conter um largo sorriso. Estava diante de um homem apaixonado pelo seu trabalho e pela sua arte. Se havia algo que faria sentido em sua vida, era a perspectiva de se tornar imortal por meio de sua obra.

– Essa eu posso lhe responder com certeza: sim! O senhor viverá até tempos modernos através de seus filmes... – Orgulhou-se do trocadilho com o nome de uma obra futura dele, algo que somente ela entendeu. Nos olhos do ator resplandecia um brilho de orgulho e satisfação pela resposta.

– Agora, se me permite, vou ligar para meu chefe.

– Não, Beatriz, infelizmente isso eu não posso permitir.

A voz vinha de trás da mulher. Ela se virou assustada, enquanto Chaplin levantou-se, chamando por seus criados.

– Não se dê ao trabalho, Sr. Chaplin. Nós já demos um jeito em seus empregados. Agora somos só nós aqui.

Era Luiz. Em carne e osso. Ali, em 1926.

CAPÍTULO 21
TARDE DO DIA 21/07/2112
SÃO PAULO, BRASIL

Uma enorme holografia circundava Thiago, com uma sequência gigantesca de códigos em várias cores ao seu redor. Ele havia pegado um dos grandes iHolos da equipe de desenvolvimento de sistemas, com projeção holográfica em 180 graus, o que permitia ao usuário a visão de quatro telas diferentes ao mesmo tempo, algo extremamente útil para a leitura de códigos, testes de aplicativos e sistemas, ou simplesmente para jogar escondido algum jogo de tiro.

À sua frente, uma imensidão de letras e caracteres que davam vida ao sistema Firma de verificação de assinaturas. Thiago havia carregado o código para o ponto exato em que o sistema fazia a checagem da assinatura junto ao seu banco de dados, ponto em que ele suspeitava que algo estava errado. Ele havia participado da equipe de instalação daquele software e, por mais que não o houvesse programado, sabia exatamente o que deveria acontecer em cada etapa de cada processo.

Viu nas letras à sua frente o comando de leitura da imagem da assinatura do contrato que seria inserida pelo usuário. Era uma comprida lista de códigos, que fazia a quebra do arquivo da firma do contratante em uma centena de pedaços, que eram depois comparados com as imagens salvas no banco de dados. Com sua mão esquerda, fez o código descer mais, até o ponto em que queria.

A longa lista de comandos agora indicava a ação que o sistema deveria tomar, após a comparação com o banco de dados: caso os pedaços fossem idênticos, seguia com a comparação da próxima parte do arquivo da assinatura. Caso o sistema encontrasse alguma divergência, ela era salva na memória, para ao término do processo ser apontada para o usuário.

Até aquele momento, não parecia haver qualquer problema com o código. Thiago desceu mais algumas linhas de comando até o ponto em que a verificação era concluída em todas as partes da assinatura. Caso não houvesse qualquer incongruência, o sistema emitia uma mensagem de "SUCESSO" e mostrava os grandes pontos de semelhança encontrados, aqueles que garantiam sem nenhuma margem de dúvida a verossimilhança da assinatura. Por outro lado, caso o sistema encontrasse incoerências críticas, pontos que fossem inteiramente diferentes da forma, estilo e traço da grafia disposta no banco de dados, o código mandava retomar a análise inicial.

Não era assim originalmente. Thiago tinha certeza de que o que o sistema deveria fazer era emitir uma mensagem de insucesso e mostrar todos os pontos em que havia diferenças graves entre a imagem analisada e aquelas guardadas no banco de dados. Da forma como ele estava fazendo agora, um processo circular infinito seria criado, travando o sistema e não emitindo mensagem alguma. Assim, não haveria nunca uma rejeição a uma assinatura, pois o sistema jamais terminaria a análise da rejeição em questão.

Sentiu seu coração disparar. Em uma das telas holográficas, ele abriu um histórico de alterações do código. Viu uma infinidade de alterações feitas por vários programadores diferentes, porém nenhuma delas mostrava o que exatamente havia sido mudado no sistema. Seria impossível tentar descobrir quem havia feito aquela mudança. Fechou aquela tela e parou olhando para as projeções à sua frente, tentando compreender melhor o impacto daquilo que havia acabado de descobrir.

A Beatriz estava certa: alguém deliberadamente alterou o Firma para ele não rejeitar nunca uma assinatura.

Tentou acalmar-se. Pensou que as pessoas responsáveis pela verificação dos contratos teriam percebido que o sistema por vezes travava e que isso seria reportado à equipe de assistência do Firma. Seria provável que essa mudança tivesse acontecido fazia pouco tempo, inclusive, talvez até como uma tentativa de corrigir algo que estivesse errado antes.

Preciso falar com o Sérgio.

Sérgio era um dos gerentes responsáveis por checar se a assinatura em questão era verdadeira ou não. Thiago sabia que só conversando com um dos principais usuários do Firma ele teria algumas respostas para suas perguntas. Em seu bolso, seu celular vibrou com força. Tirou-o e abriu sua caixa de e-mails, que continha mais de uma centena de não lidos. Os dois últimos lhe chamaram a atenção.

O primeiro era um e-mail automático criado pelo sistema, informando-lhe que uma viagem para 5 de outubro de 1926 havia sido criada. O segundo lhe dizia que essa mesma viagem havia sido concluída com sucesso. O perfil do agente histórico era o do Luiz. E a viagem só continha uma chave de volta.

CAPÍTULO 22

NOITE DO DIA 05/10/1926
CALIFÓRNIA, ESTADOS UNIDOS

– O que você está fazendo aqui, Luiz?

Ele riu sarcasticamente, passando a mão pela cadeira, sentindo a qualidade da madeira com o tato. Beatriz estava de pé perto da parede, com Chaplin atrás de si, protegendo-o com seu corpo.

– Você é realmente péssima, não é? Não consigo entender como chegou aonde chegou na Déjà Vu, ainda mais no mesmo patamar que eu. Não entendeu ainda? Vim aqui corrigir essa sua cagada, Beatriz.

A mulher olhou fundo nos olhos dele, deixando transparecer o ódio que estava sentindo naquele momento.

– Você mesma criou esse trabalho e nos contratou para levar esse homem que está atrás de você para o futuro, não foi? Pois eu estou aqui para cumprir esse trabalho que você não teve a competência de fazer.

– Luiz, não vou me dar ao trabalho de explicar para você que não tenho nada a ver com isso. Mas, como você mesmo acabou de dizer: ele não contratou nossos serviços. Levar ele seria infringir a Regra Número 1.

O homem riu alto.

– Regra Número 1? Sério? Beatriz, nós quem fazemos as regras naquela empresa! – Chacoalhou a cabeça, ainda rindo, visivelmente deleitando-se com a situação. – E por nós, digo *eu*, o Daniel, o Mário, o Gabriel... não *você*. Se há um contrato válido e assinado, então não há quebra de – fez o sinal de aspas com as mãos – "regra" nenhuma, não é? Vamos enterrar esse episódio de uma vez por todas!

– Seu calhorda, você não vai me levar para lugar nenhum! – Dessa vez era Chaplin, já alterado de ódio, cuspindo as palavras em um inglês mais londrino do que nunca.

– Olá, Sr. Chaplin. É um imenso prazer conhecê-lo. – Luiz fez uma mesura. – Infelizmente estamos nos conhecendo nessas circunstâncias ruins, mas tenho a certeza de que ainda teremos tempo para um longo papo, regado a um maravilhoso *bourbon*. Só que agora eu vou ter que ser desagradável e encerrar essa conversa para que eu possa dar prosseguimento ao meu trabalho.

Ele tirou o celular temporal do bolso e olhou para Beatriz, ainda defronte do ator, com ambos os braços abertos, usando seu corpo de escudo. Na porta da cozinha, dois homens apareceram, para os quais Luiz fez um sinal com a mão. O primeiro deles aproximou-se de Beatriz e segurou-a. Ela lutou, gritou, bateu nele, mas por fim viu-se imobilizada, com seus punhos sendo segurados atrás de si, agora já afastada de Chaplin. O ator, boquiaberto, cedeu sem reação à investida do segundo homem, que o segurou igual o outro havia feito com Beatriz. Luiz caminhou calmamente para perto da mulher, falando agora com seu rosto muito próximo ao dela.

– É uma pena, mas vou ter que te deixar aqui, Beatriz. Adoraria poder continuar a vê-la no escritório, mas você sabe como é, né? Meu sistema só permite levar uma única pessoa...

– Seu cretino! Ele nunca vai aceitar abrir as três chaves!

Debateu-se, o que fez com o que o homem atrás de si apertasse ainda mais seus punhos. Luiz deu mais uma de suas sonoras gargalhadas.

– Você é muito burra! Nós fazemos as regras, lembra? – Levantou seu celular temporal na altura dos olhos dela. – A chave... a única chave... sou eu! – E mostrou todos os seus dentes a ela, enquanto seus olhos brilhavam em êxtase. Caminhou para perto da mulher e, bem próximo de seu rosto, continuou: – Nós lhe demos a chance de voltar tranquilamente para o presente. Como você recusou... – Passou a ponta de seus dedos pelo queixo dela, acariciando-o brevemente. Por fim, piscou suavemente com o olho esquerdo e virou-se para ficar de frente para o ator.

Petrificado, Chaplin encolheu-se. Sua expressão era de pavor puro. Luiz, com o celular em mãos, acionou o programa de deslocamento espaçotemporal e selecionou a data e o local em questão: 19 de fevereiro de 1998, Zurique, Suíça. Colocou seu polegar esquerdo na tela, ligando a única chave do sistema. Letras grandes agora piscavam:

CARREGANDO VIAGEM – 1%

– Fique tranquilo, Sr. Chaplin, não vou machucá-lo. A viagem em si é um pouco incômoda, mas nada que irá fazê-lo sofrer.

Beatriz gritou para que a soltassem, mexendo-se com vigor. O homem apertou com mais força seus punhos. Luiz olhou com desdém para ela, atrás de si. Seu celular agora indicava 10%. Segurou no ombro de Chaplin, que não exerceu qualquer sinal de luta contrária. Calmamente, começou a explicar ao ator como ele se sentiria durante aquela viagem.

– Você deve começar a sentir um grande chacoalhar em seu corpo agora. Fique tranquilo, é normal. Talvez seu estômago queira vomitar o jantar, mas, se você lutar um pouquinho, isso não vai acontecer.

CARREGANDO VIAGEM – 25%

– Agora é provável que sua vista fique turva e você enxergue pouco mais do que uma grande névoa. Novamente: é normal.

CARREGANDO VIAGEM – 35%

– Vou parar de falar agora, pois nenhum de nós será capaz de permanecer acordado. Tenha uma boa viagem, Sr. Chaplin.

CARREGANDO VIAGEM – 45%

Beatriz sacudiu violentamente seu corpo, tentando fugir daquele que a segurava. Sem sucesso. Xingou-o de vários palavrões.

CARREGANDO VIAGEM – 60%

Em um esforço enorme, jogou todo o peso de seu corpo para trás, o que fez com que o homem se desequilibrasse e escorasse na parede. Seus braços permaneciam presos atrás de si, contudo.

CARREGANDO VIAGEM – 70%

Agora fora ele quem lhe dissera vários palavrões. Ela tentou de alguma forma chutá-lo, sem qualquer sucesso. Ele riu sarcasticamente e disse em seu ouvido:

– Pode lutar o quanto quiser, gatinha, você agora é minha.

CARREGANDO VIAGEM – 80%

Nesse momento viu o pé do homem logo abaixo de suas pernas. Ergueu sua perna o mais alto que pôde e pisou com toda a sua força nele. Ouviu um grito alto de dor e seus braços foram imediatamente soltos. Virou-se rapidamente e desferiu um chute certeiro nas bolas dele, que foi seguido de um sonoro e chulo xingamento.

CARREGANDO VIAGEM – 90%

Correu para onde estava Luiz e arremessou-se em sua direção.

VIAGEM CARREGADA – 100%

CAPÍTULO 23

TARDE DO DIA 21/07/2112
SÃO PAULO, BRASIL

– **Fala, Sérgio, tudo bem?**

Sérgio tomou um leve susto ao ouvir seu nome ser gritado. Estava sozinho na copa da empresa, colocando o segundo sachê de açúcar em seu café. Um pouco de açúcar caiu na bancada.

– Boa tarde, Thiago. Tudo bem?

Sérgio era uma história viva da Déjà Vu. Estava na empresa praticamente desde o momento de sua criação, sempre no Departamento de Pesquisa Histórica brasileiro, passando por diversos períodos diferentes da história do país.

– Você pegou o café dessa máquina?

Sérgio respondeu afirmativamente com a cabeça.

– Não, esse café é horrível! Vamos tomar um lá na sala do Marcos. Ele tem aquela máquina boa, sabe? E hoje ele não está aqui, está em Porto Alegre...

– Mas eu tenho...

– Super-rápido, vamos lá! Vai recusar um bom café?

Ele olhou para o copo à sua frente com um café ralo, já esfriando, e calculou quanto tempo perderia nessa escapada.

– Tudo bem, mas tem que ser rápido, Thiago! Eu ainda tenho um contrato para aprovar hoje sem falta.

Thiago abriu um largo sorriso e anuiu satisfeito. Caminharam lado a lado pelo escritório.

– Viu o escândalo do Corinthians que saiu nos jornais hoje?

Uma das grandes paixões de Sérgio era o time de futebol paulistano. Dedicava-se a ver todos os jogos, ler todas as notícias e acompanhar cada detalhe da intrincada vida futebolística do time da capital. Thiago, por outro lado, era um dos poucos homens da empresa que não se interessava pelo esporte, limitando-se a emitir respostas prontas.

– Não! O que houve?

– Descobriram um esquema de adulteração de idade de jogadores que vinham do juvenil. Parece que há anos isso era feito!

– Nossa! E aí, o que vai acontecer com o clube? – O interesse de Thiago era genuíno.

– Não se sabe ainda, mas parece que nada. Tem uma regra aí de liberação de jogadores por parte do próprio clube em que, mesmo que descumprida a idade, não há punição prevista.

– Espera... – Thiago parou em frente da sala de Marcos. – Você tá me dizendo que o clube descumpriu uma regra, mas não há punição prevista para quem fizesse isso?

– É, até tem uma punição, mas eles vão dar um jeito de sair ilesos dela, dizendo que não sabiam. Vai fazer o que, Thiago? Deixar um time do tamanho do Corinthians sem jogar? E o dinheiro que se perderia com isso? Não dá, né?

Thiago abriu a porta da sala anuindo com Sérgio, enquanto seus olhos demonstravam sua real opinião. Ele pegou duas cápsulas de café instantâneo vindas de algum país africano e colocou-as na máquina na mesa lateral. Enquanto a bebida era preparada, Sérgio continuou falando sobre seu time de futebol, dessa vez versando sobre a qualidade técnica do seu mais novo atacante. Bebida pronta, Thiago serviu Sérgio, que sorveu um pequeno gole, fruindo com prazer o requintado café.

– Sérgio, tem um projeto rolando aí, mas eu queria ouvir a sua opinião antes de aprová-lo ou não.

O simples fato de alguém querer sua opinião fez com que Sérgio aprumasse seus ouvidos com máxima atenção.

– Sabe, o Vítor está querendo levantar esse projeto de identificação e correção de erros do Firma. Parece que há vários tipos de problemas que acontecem com o sistema e nós nunca demos atenção para isso, desde que instalamos...

– Verdade! Você sabia que, sempre que abro quatro telas de assinatura, ele fecha sozinho? Eu...

– Viu?! Eu sabia que tinha problemas para resolver, mas não sabia da gravidade deles. O que mais você lembra, Sérgio?

– Por que você não marca uma reunião para a gente...

– Ah, não, tenho pressa para aprovar isso logo. O Vítor já está no meu pé. Vem cá, o Vítor me falou de um erro na rejeição de assinatura ou algo assim...

– Não. Nunca vi nada desse tipo. – Ele pousou a xícara vazia na mesinha.

– Não? Nem uma demora do sistema...?

– Sim, ele às vezes demora muito tempo para responder... Pra ser sincero, agora que você falou, eu me lembro de vários casos em que tive que analisar visualmente para não ter que esperar o sis...

– Por acaso isso aconteceu recentemente com o contrato do Vargas?

– Olha, agora que você falou, eu tô me lembrando... Realmente, aquele dia eu estava superatarefado e o sistema demorou uma eternidade. Aí eu olhei rapidinho e validei a assinatura.

– E você nunca reportou isso para o TI?

– Não, porque é só uma demora do sistema. Além do que, nunca tem nada de errado, não é? Quem vai infringir a Regra Número 1? Nem faz sentido. E o Firma demora tanto para tanta coisa. Agora, não poder abrir mais de quatro assinaturas é ruim porque eu não consigo analisar direito visualmente, e sempre que isso acontece...

Thiago deixou Sérgio continuar seu discurso, sem prestar atenção a mais nenhuma palavra. Quem quer que tivesse feito aquela alteração no Firma o fizera explorando a maior falha do sistema: a ineficiência dos processos dos usuários.

CAPÍTULO 24
NOITE DO DIA 19/02/1998
ZURIQUE, SUÍÇA

Sentiu seu corpo doer, como se houvesse caído de uma grande altura. Logo abaixo de si, estava Luiz, com o rosto no chão. Seu celular temporal havia sido arremessado para longe, a tela ainda brilhando a alguns metros de distância.

Havia conseguido!

No momento em que saltou sobre Luiz, ele soltou-se de Chaplin, o que fez com que a viagem fosse acionada para a pessoa que estava encostada em Luiz: Beatriz. Não teve tempo de comemorar seu feito, contudo. Infelizmente a viagem era composta de duas etapas, e ela tinha um segundo problema agora: não ficar presa em 1998, ano para o qual Chaplin seria levado, de acordo com o contrato.

Levantou-se e olhou rapidamente para o lugar onde estava: o quarto de alguma casa enorme na Suíça, local onde o ator moraria após a conclusão do trabalho da Déjà Vu. Atrás de si, uma grande cama, e mais ao fundo, à sua direita, uma escrivaninha e um pomposo armário. Puxou seu celular temporal para verificar se por acaso a sua chave para 2112 havia sido liberada, dado que estava em 1998 agora. Sem sucesso.

Luiz levantou-se devagar, tentando compreender o que havia acontecido. Sentiu seu braço doer, por ter caído em cima dele, com o peso de dois corpos. Procurou Chaplin ao seu lado e não o encontrou. Foi quando se virou para trás e visualizou Beatriz, observando seu celular temporal. Um ódio enorme tomou seu corpo por completo. Com um golpe com as costas de sua mão esquerda, atingiu o rosto e o braço da mulher, fazendo o celular dela voar longe, enquanto berrava furioso com ela:

– Sua imbecil! Você tem ideia do que acabou de fazer?

Caminhou lentamente na direção de Beatriz, encolerizado.

– Eu me salvei de vocês! – gritou ela de volta. – Vocês iam me largar lá, sem ter como voltar! Só salvei minha pele!

– Salvou sua pele? Salvou sua pele? Você acabou de gerar um enorme caos temporal! Agora temos um contratante que não nos contratou, mas que viu nós dois e não foi levado ao futuro! Ou seja, temos DOIS agentes que não cumpriram seu trabalho. Como a Déjà Vu vai ficar nessa história toda?

– Não foi você quem disse que faz as regras? Pois está na hora de fazer novas regras... – Riu sarcasticamente com o canto da boca, agora ambos muito próximos um do outro, encarando-se com firmeza.

Luiz novamente ergueu sua mão esquerda para atingir Beatriz, contudo dessa vez a mulher foi mais rápida, segurando o braço dele no ar. Com esse mesmo braço, ele canalizou sua força para empurrá-la para o lado, o que projetou a mulher para o chão, ao lado de onde estava seu celular temporal.

– Vaca! Idiota! Você não vê o que eu tenho que fazer por sua causa?

Beatriz agarrou o celular e, aproveitando que estava deitada por conta da queda, passou uma rasteira em Luiz, que despencou no chão. Levantando-se com dificuldade, ela tentou correr para onde estava o celular temporal de Luiz, única saída que tinha daquele lugar naquele momento. Quando deu dois passos, sentiu seu tornozelo ser agarrado por uma mão forte, o que a projetou mais uma vez para o chão. Seu celular pela segunda vez consecutiva saiu voando para longe.

– Não pense que vai escapar! – vociferou o agente histórico.

Ela chutou a mão dele com o outro pé e continuou correndo para onde estava o celular. Ele conseguiu se levantar e correu atrás dela, alcançando-a no momento em que ela caía novamente no chão. Agarrou-a pelos dois braços e ergueu-a. Arremessou-a com força para o outro lado do quarto. Ela emitiu um gemido alto ao cair no chão.

– Você já me deu problemas demais!

Ele abriu a porta do imenso armário daquele quarto, inteiramente vazio, e ergueu-a pelos braços uma última vez.

– Eu já devia ter feito isso contigo faz tempo!

E a jogou para dentro do armário, enquanto ela o chutava e o xingava. Fechou a porta e girou a chave, trancando-a lá dentro.

– Tomara que apodreça aí, sua vadia!

Ofegante, procurou pelo quarto seu celular temporal. Viu-o do outro lado, no chão. Caminhou até lá e pegou-o. Colocou sua digital para desbloqueá-lo. A tela continuou preta. Franziu o cenho, limpou seu polegar e tentou novamente. Ainda preta.

Correu para o armário e destrancou rapidamente a porta.

Vazio.

CAPÍTULO 25
NOITE DO DIA 21/07/2112
SÃO PAULO, BRASIL

Fechou com pressa a porta atrás de si. Encostou suas costas na porta devidamente trancada e deixou seu corpo deslizar por ela, permitindo-se cair em um choro intenso. No escuro e agachada no chão, soluçava em prantos. Sentia--se humilhada, tratada de uma forma que nunca havia sido em toda a sua vida. Gritou e deu um tapa no chão, colocando para fora a cólera que borbulhava dentro de si.

A luz acendeu, tirando a mulher de seu torpor sorumbático. Ela limpou sua face, lavada pelas lágrimas. Levantou-se com certa dificuldade, buscando controlar o choro que ainda insistia em se fazer presente. Arrastou-se até a cozinha e pediu um copo d'água ao sistema de inteligência artificial da casa. Prontamente, em um filtro na bancada, um copo foi enchido a uma temperatura ideal.

– Você está bem, Beatriz?

Sorveu todo o líquido de uma vez só. Respirou fundo, já um pouco mais calma para falar com Atena. Disse-lhe que não estava bem e contou todos os últimos acontecimentos relativos a Chaplin e a Luiz. O sistema doméstico a ouviu sem interrupções durante todo o tempo. Quando Beatriz terminou, pediu mais um copo d'água, sendo prontamente atendida.

– Desculpe, Beatriz, mas não compreendi. Por que o Chaplin não quis viajar com você? Ele não assinou o contrato?

– Eu não sei, Atena. Ele assinou o contrato sim, inclusive mostrei para ele a assinatura, que ele reconheceu imediatamente. E o Thiago rodou o sistema e checou que a assinatura é verdadeira. Sinceramente, não tenho a mínima ideia do que aconteceu. É como se de repente tudo virasse de cabeça para baixo!

– Será que ele não mentiu para você? Disse que não assinou, mesmo tendo assinado? Vocês humanos têm esse hábito...

– Não, não acredito nisso. Ele pareceu estar falando a verdade em todos os momentos. Dava para ver nos olhos dele.

– Um bom ator sabe disfarçar...

– Não, ele não estava mentindo! – falou um pouco mais firme. – Deve haver alguma explicação lógica para tudo isso e eu ainda vou descobrir!

– Isso mesmo, você deveria continuar pensando, estudando cada detalhe. No final, você vai descobrir o que aconteceu, Beatriz.

– Obrigada, Atena. Obrigada.

– E o Luiz? Por que ele agiu assim com você?

– Porque ele é um grande filho da... – Sentiu o choro querer voltar, entalado em sua garganta. – Eu não acredito ainda que ele foi capaz de ir até lá e querer me largar no passado...

– Mas será que ele não tinha alguma razão por trás? Não faz sentido que...

– Que razão, Atena? Que razão? Ele queria acabar comigo! Queria me deixar presa no passado para sempre, para que eu não atrapalhasse ele em mais nada!

– Talvez ele mandasse alguém para te buscar depois, Beatriz.

– Ele me bateu! – Beatriz gritou a plenos pulmões, irrompendo em lágrimas mais uma vez. – Ele me bateu! – repetiu, as palavras entrecortadas pelo choro intenso.

Atena permaneceu em silêncio, seu banco de dados processando a melhor resposta para aquele momento com o qual ela não tinha qualquer experiência em sua memória digital. Procurou mudar de assunto, por fim:

– E o Daniel, você falou com ele?

– Falei antes de encontrar com o Luiz – disse ainda soluçando, porém com bem menos intensidade. Tomou um gole curto de água. – Pra ser sincera, não sei ainda o que pensar dele. Só ele e o Thiago sabiam que eu estava com problemas com o Chaplin. E o Daniel mandou aqueles caras para me pegar... Com certeza deve ter sido ele quem enviou o Luiz depois que eu os despistei.

– Mas ele é seu chefe, Beatriz. Estava querendo te ajudar, não?

– Me ajudar? Ferrando comigo, só se for... Não, ele e o Luiz estão juntos nessa, tenho certeza.

– Sugiro você confiar mais nele...

– Não, Atena! Você não me ouviu? Não vou confiar em um cara que não acredita em mim e que fez o que fez!

– E como você ficará na Déjà Vu?

– Não sei, ainda não pensei nisso. Para ser sincera, não tenho a mínima vontade de voltar lá e dar de cara com aqueles seres escrotos na empresa!

– Pois, se me permite um conselho, eu acho que você deveria voltar para lá. Brigas acontecem e você não pode permitir que elas acabem com sua carreira.

– Pois quer saber? Eu não permito conselho nenhum, não, Atena. O que aqueles dois fizeram comigo foi um absurdo, um crime! Eu não tô nem aí se a minha carreira for abaixo, mas eu vou dar um jeito de ir atrás deles!

Largou o copo com água pela metade no balcão e com passos firmes foi até a porta de entrada. Com a mão na maçaneta, Atena lhe perguntou:

– Aonde vai, Beatriz? Recomendo você ir dormir, deve estar cansada.

A mulher parou por um tempo, olhando para a porta e buscando controlar a ira avassaladora que tomava conta de si.

– Atena... vai se foder!

E saiu, batendo com força a porta atrás de si.

CAPÍTULO 26

MADRUGADA DO DIA 22/07/2112
SÃO PAULO, BRASIL

À sua frente, um prato de comida vazio. Miou desesperado, a barriga roncando. Ao lado, uma gata, também sentada, também com fome, o prato também vazio. Miaram juntos pedindo comida. De repente uma leiteira apareceu, cheia até a boca. O prato da gata ao seu lado foi enchido até a metade. O prato à sua frente, até a boca. Ela miou reclamando. Miou. Miou. Miou. Ele empurrou seu prato com a pata para perto do dela e miou. Ela miou em resposta. Quando se aproximaram para tomar, os dois pratos vibraram com força, um barulho alto ribombando. Recuaram, miaram. Aproximaram-se novamente e o barulho da vibração dessa vez pareceu mais alto.

Thiago abriu os olhos e deu um salto da cama. Estava sonhando com gatos, enquanto seu celular temporal vibrava com força no criado-mudo. Viu a imagem de Beatriz brilhar na tela e atendeu alvoroçado.

– Alô, Beatriz!

– Thiago, desculpe pelo horário, mas...

– Imagina, de forma alguma! Você está bem? Em que ano você está?

– Em 2112. Longa história. Eu te conto, mas tem que ser pessoalmente. E tem que ser em outro lugar. Não pode ser nem na minha casa nem na sua, ok?

Ela deu o endereço de um hotel próximo de onde Thiago morava e lhe pediu urgência. Cerca de quinze minutos depois, seu nome era anunciado no quarto dela. Ao vê-la, ele a abraçou com força por longos segundos. Beatriz sentiu-se segura pela primeira vez nos últimos dias. Os dois permitiram-se alguns beijos carinhosos antes de discutirem os eventos recentes. Ambos se sentaram na cama, um de frente para o outro.

– Thiago, o Luiz foi atrás do Chaplin. Foi horrível.

– Eu sei. Vi a criação da viagem dele no sistema, mas achei perigoso te ligar para avisar.

– Ele foi um monstro! Disse que era ele que fazia as regras e iria me largar lá. Me xingou de tudo quanto é nome, bateu em mim e me jogou em um armário para me prender no passado. Mas aquele cretino se fodeu! Eu dei um jeito de trocar o meu celular com o dele e usei as chaves dele para vir para cá. – E mostrou o celular de Luiz, ainda com ela. Thiago abriu um sorriso.

– Que ironia! Fico feliz que aquele crápula tenha se ferrado!

– Mas não por muito tempo. Tinha mais dois caras com ele lá, então é provável que ele já tenha voltado para 2112 junto com eles.

– O que eu não consigo entender é o porquê disso tudo. Por que ele voltou lá? No começo eu estava achando que era só o Daniel sendo um imbecil como sempre, mas agora nada mais faz sentido.

– Com certeza foi o Daniel que mandou o Luiz de volta lá. Ele deve ter achado que, terminando o caso e me largando por lá, tudo estaria resolvido.

– É... eles poderiam forjar sua morte, de certa forma, e enterrar tudo isso.

Thiago se levantou da cama, nervoso.

– Ainda assim me parece arriscado demais! Tanto o Daniel quanto o Luiz arriscaram perder seus empregos nisso tudo. Passaram por cima de várias regras, criaram uma viagem para buscar o Chaplin sem chaves de volta. Ainda levaram várias pessoas com o Luiz que eu nem sei quem são. Sinceramente, eu não...

– Na verdade, eu acho que você já encontrou a resposta e só não juntou as duas coisas: a resposta é o Vargas. Ou pelo menos o fato de a assinatura do contrato dele não ser dele. Tem algo muito maior do que imaginamos acontecendo.

– Você tem razão. Eu andei pesquisando melhor dentro do Firma o que aconteceu com ele. Descobri que alguém realmente alterou o sistema para ele nunca emitir a mensagem de erro de assinatura falsa.

– Mas ninguém nunca percebeu?

– Pois é. Pelo visto a cultura de não quebrar a Regra Número 1 é tão forte dentro da Déjà Vu que as pessoas acreditaram que isso nunca seria possível. Daí, quando o sistema não alertava sobre a falsificação, as pessoas não suspeitavam, acreditando no cumprimento da regra. Enfim...

– Alguma ideia de quem poderia ter feito isso?

– Impossível identificar no sistema, mas garanto que foi alguém com conhecimento de programação, pois a linha do código foi de fato alterada. Mas até aí pode ser qualquer um dentro do Departamento de TI... que é gigantesco naquela empresa!

– Acho que só tem uma forma de conseguirmos entender melhor isso: indo direto na fonte. Precisamos dar um jeito de falar com o agente de contratação da época do Vargas.

Thiago chacoalhou a cabeça afirmativamente. Parecia abatido diante das informações.

– E o Chaplin? – perguntou ele, por fim.

– Difícil saber... mostrei para ele a assinatura no contrato, mas foi em vão. Ele reconheceu a assinatura, confirmando que é a dele, mas assegurou que nunca assinara nenhum contrato com a Déjà Vu. Ou seja, nada conclusivo.

– Como isso é possível? Não teve nada de estranho que ele encontrou? Nenhum risco ou ponto na assinatura que ele não costuma colocar?

– Não, nada...

Ambos ficaram por um tempo se entreolhando. Beatriz acariciou o rosto do homem e deu-lhe um carinhoso beijo nos lábios. Permaneceram por mais alguns segundos se contemplando.

– Logo isso tudo vai acabar.

Ele sorriu em resposta.

– Vou precisar que você crie essa viagem para 1954 para mim – ela mostrou o aparelho para ele – no celular do Luiz.

– Eu consigo criar, mas, assim como eu fiquei sabendo da viagem do Luiz, todos vão saber dessa também... Faz parte da política de segu...

– Você cria agora. Duvido que alguém esteja acordado a essa hora.

Thiago franziu o cenho tentando colocar sua cabeça no lugar. Pouco mais de uma hora atrás estava sonhando com gatos e agora estava prestes a fazer algo totalmente maluco.

– Você sabe que isso vai custar a minha cabeça na Déjà Vu, não é?

– Se não quiser fazer, não faça. – Beatriz se levantou. – Só me dê a sua senha que eu faço por você. E você pode jogar toda a culpa em mim.

Ele sorriu.

– E perder a diversão de entrar no escritório de madrugada? De jeito nenhum! Vamos lá agora! – Levantou-se, então a abraçou e beijou.

Cerca de meia hora depois, duas írises abriam as portas da Déjà Vu.

CAPÍTULO 27
MANHÃ DO DIA 22/07/2112
SÃO PAULO, BRASIL

O leitor de íris emitiu uma luz azul, fazendo a varredura do olho direito repleto de olheiras de Thiago. Porta liberada, ele entrou no pequeno elevador que dava acesso do estacionamento do prédio ao lobby central. Já no saguão de entrada, ouviu um barulho intenso de vozes das pessoas que tomavam praticamente toda a frente do balcão de recepção. Thiago ignorou todas elas, seguindo a passos rápidos para o segundo leitor de íris, que lhe daria acesso ao elevador principal do prédio. A tela ao seu lado indicou o elevador B3 e ele acelerou até ele.

Sua cabeça pesava. Praticamente não havia dormido naquela noite e sua mente não conseguia se desligar. Pensava em Beatriz a cada minuto, tentando imaginar como teria sido o encontro com o agente histórico mais de 150 anos atrás. *Será que ela conseguiria compreender o que tinha acontecido com a assinatura do Vargas?* Ele sentia que ela estava correndo perigo, mas ao mesmo tempo dizia para si mesmo que ela sabia se virar.

Quando a porta do elevador abriu, deu de encontro com Cristina, a gerente do Departamento de Pesquisa Histórica – América do Norte de 1900 a 1929. Ele caminhou, tentando evitar falar com ela, mas ela o seguiu, insistindo na conversa:

– Bom dia, Thiago. Você já está sabendo da notícia?

– Bom dia, Cristina. Não, não estou. O que houve?

Ele tentou caminhar um pouco mais rápido, mas a mulher deu um pequeno salto à sua frente, fazendo-o parar de andar.

– Beatriz faleceu.

Thiago petrificou-se. Sentiu seu estômago queimar por completo. Pela sua reação, a mulher percebeu que ele realmente ainda não sabia da notícia.

– Achei que você já estava sabendo, pois vocês eram... próximos. Hoje cedo enviaram um e-mail de notificação para a companhia toda. Parece que não sabem ao certo o que aconteceu ainda, mas o que se sabe é que houve complicações quanto ao caso do Chaplin. Algo como um segurança que atirou nela, por ela tentar invadir o estúdio de filmagem, ou coisa assim. – Ela parou por alguns segundos, observando o olhar perdido do rapaz. – Meus sentimentos, Thiago.

– Obrigado, Cristina.

Ela sorriu sem jeito para ele e finalmente deixou-o sozinho. Ele entrou correndo na sala do Departamento de Tecnologia da Informação sem dar bom-dia a ninguém e sentou-se apressadamente em uma cadeira, jogando sua mochila na mesa à sua frente. Pegou seu celular do bolso e começou a olhar os e-mails em sua caixa. Encontrou aquele com o comunicado oficial mencionado por Cristina.

Caros colaboradores,

É com imenso pesar que comunico a todos o falecimento, nesta noite, de nossa estimada colaboradora Beatriz Prata.

Alegre e determinada, deu início a seus trabalhos na Déjà Vu como estagiária do setor de Execução Histórica há dez anos. Extremamente competente e ética, subiu rapidamente dentro do departamento, atingindo o posto de agente histórica há cinco anos, estando nessa posição desde então.

Seu óbito ainda tem causas desconhecidas, porém não mediremos esforços para investigar e compreender a razão pela qual nos deixou essa funcionária e pessoa incrível e estimada.

Nossos mais sinceros sentimentos a toda a família.

Rodolfo Fentz

Diretor-Presidente da Déjà Vu

Thiago releu por três vezes o e-mail. *Seria aquilo tudo verdade?*, pensou consigo mesmo. *Não pode ser. Há poucas horas eu estava com ela. E agora...* Chacoalhou a cabeça, negando tudo aquilo. *Isso é alguma coisa do Luiz e do Daniel.* Sentiu seu estômago queimar, imaginando que aquela mensagem poderia ser verdadeira, caso Luiz tivesse encontrado com Beatriz em 1954. Achou estranho, contudo, que não havia recebido nenhuma notificação de viagem sendo criada no sistema.

Ligou seu computador para procurar dentro do Vu se havia alguma viagem criada manualmente. Esse era um recurso que existia dentro do sistema que permitia um pouco mais de discrição no caso de contratos ultraconfidenciais. A notificação da viagem não era enviada a ninguém, porém o registro dela permanecia no sistema, para a consulta de todos. Contudo, a utilização desse subterfúgio era restrita a pouquíssimos usuários, geralmente de gerência para cima – algo que não incluía o perfil de Thiago.

Ele colocou seu perfil e senha no Vu e o sistema prontamente rejeitou seus dados. Ele tentou novamente, agora digitando com cautela a senha. "Acesso não autorizado", uma vez mais. Não conseguia entender por que não estava dando certo! Sua senha não havia mudado desde a última vez que acessara o sistema, que fora na madrugada anterior!

– Thiago, preciso falar com você. Na minha sala, agora!

Ele assustou-se com a voz potente surgindo tão repentinamente. Era seu chefe, Marcos, já desaparecendo rapidamente pelo corredor. Mais uma vez no dia, sentiu seu estômago queimar. Tinha uma boa ideia do que aquela súbita vontade de vê-lo queria dizer e com certeza não era coisa boa. Pegou sua mochila e seguiu rumo à sala de Marcos, ligeiramente cabisbaixo. Quando chegou lá, deu de encontro com seu chefe sentado defronte à sua grande mesa, e de pé, ao lado dele, tomando uma xícara de café, Luiz.

– Sente-se, por favor – disse-lhe Marcos.

Thiago obedeceu-o, sem conseguir tirar os olhos de Luiz. Depois de todos os últimos acontecimentos, era impossível não o odiar com todas as suas forças.

– Thiago, o Luiz veio me contar algo muito perturbador hoje, assim que eu cheguei.

ELE é perturbador, pensou Thiago.

– Ele me disse que você criou uma viagem no celular dele para 1954 sem a aprovação dele. E pior: isso foi feito essa madrugada! Isso é algo muito grave, Thiago.

– Pois ele te contou que o celular dele estava com a Beatriz, pois ele tentou deixar ela presa no passado?

Nesse momento Luiz explodiu:

– Mas que acusação maluca! Você de alguma forma invade a empresa de noite, para criar uma viagem para mim sabe-se lá com qual intuito, e ainda vem usar o nome de nossa estimada Beatriz para se safar? Que absurdo!

– Thiago, isso eu realmente não vou admitir. – A voz potente de seu chefe surgiu firme.

– Mas é verdade! Eu...

– Não me interessa, Thiago! Você está demitido! Quero que pegue suas coisas e nunca mais apareça por aqui!

Thiago se levantou nervoso, agarrando sua mochila. Saiu revoltado pelos corredores da Déjà Vu. Quando chegou ao elevador, soltou o ar profundamente, com um misto de revolta e desolação. Apesar de saber que sua demissão era inevitável, a sensação de injustiça permeava seu corpo inteiro nesse momento. Pensou em Beatriz: mesmo que ela não estivesse morta, agora seria impossível buscá-la no passado.

CAPÍTULO 28

INÍCIO DE NOITE DO DIA 26/08/1954
RIO DE JANEIRO, BRASIL

Os transeuntes passavam velozes pela rua Silveira Martins, buscando seguir seu rumo a algum ponto de ônibus ou mesmo à praia logo no final da rua. Poucos rostos se viravam para o palácio imponente situado na esquina, palco de um dos eventos mais importantes do país nos últimos anos. Na esquina da avenida da praia, um senhor começava os preparativos para fechar sua banca de jornal. Na prateleira, a última edição solitária do jornal *Última Hora* exibia a foto da máscara mortuária de Getúlio Vargas.

Uma mulher cruzou a banca e seguiu os pedestres através da rua. Caminhou até o fim dela, virando à direita, depois à esquerda na rua Pedro Américo. O comércio da região dava início ao cerrar de portas – lojas, bancos, restaurantes, todo tipo de estabelecimento. Com o sol dando adeus, os comerciantes também se despediam uns dos outros.

A mulher tentava parecer invisível naquela multidão de trabalhadores, mas seu vestido preto largo de seda e seu cabelo chanel lhe davam um ar de quem havia pegado as roupas da mãe quando era bem mais nova. Algumas pessoas, especialmente homens, seguiam-na com o olhar, quase sempre com um tom misto de reprovação e incredulidade. Ela, por fim, entrou em uma portinha entre duas lojas e desapareceu de vista.

A pequena porta escondia uma escada com poucos degraus, que levava a outra porta. A mulher bateu por duas vezes. Não houve resposta. Tentou mais uma vez, novamente sem resposta. Ela murmurou um palavrão e testou a maçaneta: aberta! Pelas suas narinas penetrou o cheiro de cigarro Camel, mofo e urina, fazendo-a enjoar. Entrou devagar no recinto, observando as altas estantes, cobertas de livros até o teto. Uma única fonte de luz amarela vinha de sua direita, de um abajur em cima de uma escrivaninha. Sentados defronte à escrivaninha, dois homens de pernas cruzadas, com um copo de uísque cada um.

A mulher deu um grito abafado: os homens eram Daniel e Luiz.

– Sente-se, Beatriz, por favor. – Daniel apontou para a cadeira engordurada à sua frente. Luiz permanecia encarando nervosamente a mulher, visivelmente controlando-se para não exprimir suas verdadeiras emoções.

Beatriz calmamente caminhou até a cadeira, estudando cada detalhe ao seu redor. Sentou-se, por fim, mantendo os olhos fixos em Daniel.

– Antes de mais nada, por favor, o celular de Luiz.

Ela pegou-o e pensou consigo própria: *Como pude ter sido tão burra? Se o Thiago recebe as notificações de serviços novos, é provável que o Daniel também receba! Traída pela tecnologia!* Ela estendeu-lhe o celular, sem vontade de fazê-lo. Ele o entregou a Luiz, deu um longo gole de seu uísque e contemplou a garrafa pousada na escrivaninha à sua frente.

– Sabe, essa garrafa de uísque eu comprei quando estive na Europa durante a Queda do Muro de Berlim. É um uísque envelhecido por trinta anos. Ou seja, é um uísque que é mais velho do que o Muro em si, que esteve de pé por 28 anos...

Ele olhou para Beatriz.

– Já imaginou a dificuldade de planejamento de um uísque de trinta anos? Essa garrafa, por exemplo, começou a ser produzida no final da década em que estamos agora, para ser vendida somente no final da década de 1980. Em trinta anos o mundo mergulhou em uma disparidade profunda entre duas potências, que dividiu o globo em dois lados... e saiu dela!

Ele pegou a garrafa de uísque novamente e a admirou.

– Praticamente impossível prever a demanda de qualquer coisa trinta anos antes de vender esse produto. Ainda mais quando vem alguém de uns 120 anos depois e compra essa garrafa, destruindo qualquer *planejamento*.

Ele deu um gole do uísque.

– *Você* destruiu nosso planejamento, Beatriz. Tudo começou com aquela maldita escolha do sistema para você do caso do Lacerda.

Beatriz franziu o cenho. *Lacerda?*, pensou.

– Infelizmente, por um erro meu, deixei o sistema escolher aleatoriamente quem seria responsável pelo caso. E ele acabou escolhendo você.

– Eu ainda tentei te convencer a passar o caso para mim... – exprimiu com ira o até então quieto Luiz.

– Mas... eu não sei de nenhum caso do Lacerda. Fiz o serviço do Getúlio Vargas.

Daniel deu uma gargalhada alta.

– Só que esse caso do Vargas era um que, na verdade, ele havia fechado com a Déjà Vu para levar o Carlos Lacerda, seu principal inimigo político.

Beatriz ficou boquiaberta. Não conseguia acreditar no que havia acabado de ouvir.

– Como não conseguimos te convencer a mudar de ideia, eu tive que mudar um monte de coisas. Criei junto do Departamento Histórico um atentado maluco para o Lacerda e alterei o contrato, tendo que mudar uma assinatura tosca que o Vargas havia feito em nome do Lacerda para uma assinatura feita por mim mesmo para o próprio Vargas. Um erro besta. O presidente ficou revoltadíssimo com essa história toda. Mas no fim conseguimos acalmá-lo e convencê-lo, até você aparecer lá para buscá-lo.

– Quê? Vocês estão completamente doidos!

– Não estamos, não, Beatriz. Nossa empresa paga uma merreca para nossos agentes históricos. Eles têm a promessa de um emprego incrível e acabam presos em lugares imundos como este, fazendo relatórios idiotas sobre o cotidiano da sua época, tudo porque temos preguiça de mandar pessoas para o passado para estudar esses detalhes. Assim, um dinheiro extra nas mãos deles faz o que a gente quiser! Claro que temos que monitorar cada um deles, para evitar que deem com a língua nos dentes. Mas isso é muito fácil. O daqui, por exemplo, está em um sítio que não tem nem sinal de telefone, feliz da vida! E o próximo a assumir a posição aqui vai ser alguém que a gente indicar.

Ele se debruçou sobre a escrivaninha, aproximando seu tronco de Beatriz. Ela tinha uma expressão mista de nojo e incredulidade.

– Mas o mais legal disso tudo é que uma viagem dessa para algum inimigo político, desafeto pessoal ou qualquer que seja a razão pela qual você queira sumir com alguém custa *muito* dinheiro. De três a quatro vezes o valor normal de uma viagem da Déjà Vu. Mas você... você é a pedra no meu sapato, Beatriz! Consigo usar o Luiz, o Mário e o Gabriel para esses serviços. Mas sempre tenho que dar um jeito de fazer com que você não seja escolhida para nenhum desses serviços, pois você não consegue entender!

– Daniel, isso tudo que você acabou de me relatar é crime. A Regra Número 1 existe justamente para nos proteger...

– Para de ser idiota! Quem faz as regras somos nós! O dinheiro que manda. Não somos instituição de caridade. E daí se temos que levar pessoas que não foram voluntárias? No final vai ser bem melhor para elas, acredite!

– Sequestrá-las é melhor para elas?

– Prefiro o termo "mudança de vida". – Riu ironicamente, dando um largo gole de seu uísque.

– Eu ainda vou te ferrar... – Agora Beatriz tinha a mesma expressão de ódio que Luiz vinha ostentando durante toda a conversa.

– Falando nisso – Daniel pegou uma folha de papel que estava a seu lado na escrivaninha, uma caneta, e jogou ambos na frente de Beatriz –, eu vou ser muito legal com você, para te mostrar que no fundo sou uma pessoa boa. Vou te dar uma oportunidade! A oportunidade de você se dar bem e ao mesmo tempo sumir das nossas vidas. Você vai contratar a Déjà Vu, veja só! E vamos deixar você escolher o ano para o qual você vai. Aí te mandamos para lá e inventamos que você teve um problema com o caso do Chaplin, então você nunca mais enche nosso saco! Todo mundo sai ganhando!

– Aliás... e o Chaplin?

– Não tenho a mínima ideia. Não temos nada a ver com o serviço dele, inclusive foi justamente por isso que passei ele para você. Mas foco, Beatriz! Preciso que você assine esse contrato – colocou o dedo sobre a folha de papel –, só que antes você precisa escolher para qual ano você vai.

– E se eu não quiser assinar?

– Então seu acidente será aqui neste ano mesmo. E não será inventado.

Ela chacoalhou a cabeça afirmativamente. Já imaginava que seria algo desse tipo. Seu cérebro começou a avaliar todas as possibilidades que tinha naquele momento. Imaginou-se correndo pela escada por onde entrara, mas logo refutou essa ideia, pois era bem provável que houvesse alguém lhe esperando na porta de baixo. Tentou refletir em qual ano conseguiria de alguma forma voltar para 2112. Talvez, se escolhesse algum ano mais próximo de seu tempo, conseguisse de certa forma dar um jeito de voltar ao seu presente.

– Não tenho a vida toda, Beatriz. – Daniel pegou o papel e a caneta e mostrou ambos para a mulher.

Beatriz suspirou fundo, olhando atentamente para o papel e a caneta esferográfica à sua frente. Seu cérebro continuou tentando processar todas as opções que tinha, ainda sem sucesso. Pensou em Thiago. Pensou em tudo o que passara nos últimos dias, o mistério de Chaplin, a quantidade de informações absurdas que apreendera. Observando com sofrimento aquela caneta e o papel, refletiu que tudo seria enterrado com sua assinatura ali. Tudo seria em vão.

De súbito, entendeu tudo!

Falou o ano que queria para Daniel e assinou com pressa o papel à sua frente. Agora era uma contratante dos serviços que ela mesma colocava em prática.

CAPÍTULO 29
TARDE DO DIA 24/07/2112
SÃO PAULO, BRASIL

— **Goooool! É do Corinthians!**

A televisão alta inundava a sala com o som do gol do time paulistano. Porém, mesmo com a altura da fala do narrador, o jogo de futebol não era visto por ninguém. Afundado no sofá, Thiago tinha os olhos fixos na parede branca logo abaixo da televisão. Passara o final de semana refletindo sobre todos os acontecimentos dos últimos dias, que culminaram com sua demissão da Déjà Vu. Nessa tarde de domingo, ainda se mantinha pensando fixamente em Beatriz.

Os dois haviam se conhecido na primeira reunião de que Thiago participara na empresa, logo quando entrara, havia aproximadamente três anos. Vindo de uma multinacional francesa, ele havia sido contratado para liderar a instalação do Firma, o sistema de validação de assinaturas. Em sua primeira semana trabalhando, foi colocado junto de seu chefe para participar de uma reunião de pré-viagem temporal. Não conseguiu tirar seus olhos daquela mulher! Beatriz, por sua vez, nem prestou atenção àquele funcionário novo, que não abriu a boca a reunião inteira.

Os meses se passaram e Thiago deixou de lado aquela mulher, acreditando que ela não daria a mínima para ele. Até que um dia houve um evento beneficente na empresa, um jantar para arrecadação de dinheiro para vítimas de um desastre natural que ocorrera no Nordeste do país. Lá, Thiago teve a oportunidade de se sentar à mesma mesa que Beatriz, e os dois passaram a noite inteira conversando sobre diversos temas. Ele se encantou ainda mais com ela, pela sua inteligência, espírito livre e força.

Ela achou aquele rapaz interessante. Apesar de ter uns cinco ou seis anos a menos do que ela, era bem mais maduro do que muitos homens da idade de Beatriz. Além do que, ele era bonito e divertido. Ela decidiu contatá-lo na semana seguinte, chamando-o para sair. Foram a um restaurante italiano. Ficaram juntos a noite inteira.

O tempo passou e eles foram ficando cada vez mais íntimos e apaixonados. Thiago não se arrependia nem um segundo do tempo que havia passado com Beatriz. Arrependia-se muito menos de tudo o que havia feito junto dela desde que o caso do Chaplin havia aparecido na vida deles. Não se importava nem um pouco de ter perdido seu emprego na Déjà Vu. Estava com nojo daquela empresa e de tudo o que ela representava. Como pessoas como Daniel e Luiz podiam estar onde estavam? Fazer o que faziam? E nada lhes acontecia. A sensação de injustiça, de permissividade, era revoltante.

E a saudade de Beatriz...

Nesse momento, seus pensamentos viajavam à mulher. Queria saber onde ela estava, o que estava fazendo. Não conseguia acreditar que ela havia morrido. Aquilo com certeza era mais uma das mentiras inventadas por Daniel e Luiz. Eles deviam ter perdido Beatriz no passado e por essa razão disseminaram aquela mentira pela Déjà Vu.

Ou eles podem ter encontrado Beatriz em 1954 e matado ela. Estremeceu por completo ao imaginar essa possibilidade. Buscou afastar essa ideia de sua cabeça, mas a simples menção de Beatriz morta fez uma tristeza avassaladora invadir seu corpo. *Se ao menos ela tivesse aceitado voltar para cá, na primeira vez que o Daniel enviou aquela equipe para buscá-la,* refletiu. *Mas ela era teimosa, sabia bem o que queria.*

Na televisão, o primeiro tempo do jogo havia se encerrado. Thiago começou a chorar. Pela primeira vez desde a notícia da morte de Beatriz, permitiu que as lágrimas lavassem sua face. Soluçou enquanto se condoía. Visualizou Beatriz solitária em um passado que não lhe pertencia, subjugada pela imposição de dois homens imundos, que não tinham qualquer escrúpulo. Se não morta, abandonada. Lamuriado, assoou seu nariz.

O segundo tempo do jogo se iniciou. Inundado em seu próprio pranto, observou desatento aqueles homens chutarem a bola. Seus olhos não se permitiam secar, compungindo-se pela dor da solidão final de Beatriz. Ele se sentia impotente ante a tudo aquilo. Queria ter podido ajudá-la, queria tê-la mantido em segurança.

Um pouco antes do apito final do jogo, sua campainha soou. Ele limpou o nariz, buscou secar seu rosto e gritou que já estava indo atender a porta. Ao sistema de inteligência artificial da casa, pediu para alterar para a câmera externa. Na televisão, viu a figura de uma mulher com um vestido florido e brincos enormes em formato de estrela. Um sorriso iluminava sua face.

Era Beatriz.

CAPÍTULO 30

INÍCIO DE NOITE DO DIA 11/05/1968
VEVEY, SUÍÇA

O vestido preto largo de seda e o cabelo chanel contrastavam ainda mais do que quinze anos antes. Ao caminhar pelas ruas de uma Europa gelada, sentia falta do casaco de pele sintética, que esquecera mais de quarenta anos atrás. Apertou o passo, buscando aquecer-se com o movimento agitado e ao mesmo tempo tentando evitar os olhares reprovadores daqueles que julgavam ao ver alguém com roupas tão anacrônicas.

Quando chegou a um parque gigantesco, rodeado de árvores antigas, começou a cair uma chuva fina. Manteve seu ritmo forte ao longo de um caminho de pedras que se tornaram extremamente escorregadias com a chuva. A cada passo que dava, tinha que tomar cuidado para não levar um tombo naquelas pedras, o que a deixaria com o corpo dolorido por bastante tempo. Viu se aproximar uma casa de dois andares, branca, com um belo jardim à sua frente. Subiu a escada lateral da casa e chegou até a porta principal. Pela primeira vez, não tentou abrir a porta, entrando sem ser convidada. Em contrapartida, tocou a campainha.

– Boa noite. Em que posso ajudá-la? – Era uma governanta de meia-idade, vestida em um uniforme, com um sotaque tipicamente inglês. Ela estranhou a presença da moça, naquele horário e sem avisar.

– Boa noite. Por favor, diga ao seu patrão que o time de beisebol dos Cardinals de 1926 é o melhor que já existiu. E que quero falar com ele a respeito, apesar de não ter marcado horário.

Sem entender nada do que estava se passando, porém fiel e obediente, a mulher fez uma mesura e entrou para passar o recado conforme lhe fora instruído. Minutos depois, um homem pequeno, com os cabelos inteiramente grisalhos, visivelmente abatido, mas ainda com um brilho vivaz no olhar, apareceu à porta. Seus olhos perscrutaram a visitante por completo, a boca entreaberta, querendo dizer algo, mas não sabendo o quê.

– Beatriz, Sr. Chaplin. Aquele nome engraçado, que imagino que o senhor não deve lembrar. Será que o senhor ainda está com o meu casaco? Eu esqueci ele na sua casa uns quarenta anos atrás e hoje está um frio danado...

Ele sorriu.

– Posso entrar? Prometo que desta vez não haverá ninguém mais invadindo sua casa. E precisamos conversar!

– Claro, entre, por favor.

Beatriz agradeceu com a cabeça e sentiu-se aliviada porque o sistema de calefação da casa já estava ligado. Ele convidou-a para um pequeno quarto no andar superior, onde havia uma cama, uma cadeira e uma escrivaninha. Pediu para que a mulher ficasse à vontade e informou-lhe que iria solicitar a seus criados que preparassem uma sopa quente de lentilhas. Sozinha, Beatriz permitiu-se afundar na cadeira, sentindo o conforto dela reverberar por cada músculo de seu corpo. Fechou os olhos brevemente, curtindo aqueles segundos de felicidade ao relaxar em um móvel confortável, algo que há tempos não fazia.

– Peço desculpas pela demora. Estou sozinho hoje e tudo acaba sendo um pouco mais difícil devido à minha idade. Estou surpreso em vê-la! – disse, sentando-se com certa dificuldade na cama logo à frente de Beatriz.

– Eu também não esperava vê-lo novamente, Sr. Chaplin...

– Charlie.

– Charlie! – Sorriu. – Mas tive uma série de imprevistos que me levaram até aqui hoje.

– Conte-me todos. Me disseram uma vez que ainda tenho nove anos de vida, então você tem bastante tempo para me contar.

Visivelmente feliz pelo humor do homem, Beatriz começou a lhe contar a série de eventos que lhe ocorreram desde o momento em que conseguiu evitar que Luiz viajasse com Chaplin para 1998. A cada detalhe sórdido da história, o semblante dos dois endurecia, passando por um misto de sentimentos ruins. Ao término, o ator a confortou com um amistoso "Me desculpe", que exprimia genuinamente o que ele queria dizer. Beatriz agradeceu com um movimento de cabeça.

– E você, Charlie?

– Quando você e aquele crápula desapareceram, fiquei sem entender o que havia acontecido, e aparentemente aqueles dois homens também. Um deles ainda sentia muita dor e gemia alto. Consegui, então, escapar das mãos daquele idiota que me segurava e lhe desferi um belo soco em seu rosto. Minha esquerda naquela época ainda era muito boa!

Os dois riram felizes. Nesse momento, a mesma governanta que lhe abrira a porta lhe trouxe um prato fumegante, que lhe despertou uma memória agradável. Enquanto sorvia a deliciosa sopa de lentilha, o ator terminou de lhe contar sua história.

– Nessa hora eu saí correndo e liguei para a polícia. Mas os dois perceberam o que fiz e sumiram. Fiquei uns dois ou três dias sem nenhuma notícia a respeito de vocês todos, até que apareceu novamente em meu estúdio um homem. Um outro homem, não era nenhum dos que já tinham aparecido antes. Ele parecia bastante importante e estava muito apressado. Apenas me disse que contava com a minha discrição para que aqueles fatos nunca fossem revelados nem à mídia nem a ninguém. Caso contrário – fez o sinal de aspas com as mãos, indicando que estava parafraseando o homem –, "consequências graves aconteceriam". Dito isso, ele desapareceu pelo estúdio, e nunca mais o vi. E não tive mais nenhum contato com essa sua empresa.

– Fico feliz que eles não tenham te incomodado mais, Charlie.

– Sim, sim... – Houve um minuto de silêncio entre ambos, interrompido apenas pelo barulho da colher batendo no prato de sopa. – Agora que ambos estamos atualizados acerca do que nos aconteceu, preciso lhe perguntar, Beatriz: por que você voltou até mim?

A mulher sorriu e lentamente tomou mais uma colherada de sua sopa.

– Acho que você sabe o porquê, Charlie.

– Quero ouvir de você.

– Pois bem. Voltei para te perguntar por que você contratou a Déjà Vu para levar a si mesmo quarenta anos mais novo para o futuro?

O silêncio se fez no quarto.

CAPÍTULO 31

NOITE DO DIA 29/07/2112
SÃO PAULO, BRASIL

O jazz ambiente se fazia quase inaudível, entrecortado pela conversa de inúmeras pessoas ao mesmo tempo e pelo tilintar de facas, garfos, pratos e taças. Os garçons passeavam quase que invisivelmente pelos corredores entre as mesas, suas roupas confundindo-se com as toalhas das mesas. Vez ou outra, um maître resplandecia em alguma mesa, buscando elevar o nível de satisfação de clientes que mal o olhavam nos olhos.

A pouca luz propositadamente dificultava a visão de quem adentrava o recinto, qualquer que fosse o canto. Importantes reuniões de negócios, lícitos ou ilícitos, encontros com amantes proibidas, ou simplesmente degustação de um bom *ojo de bife* – atividades que não necessitavam de visão aguçada. A recepcionista à porta controlava a fila de espera de cerca duas horas daqueles desavisados que não faziam reserva com antecedência ou não eram nenhuma *persona* pública importante capaz de agilizar os trâmites de liberação de mesas.

Uma gigantesca árvore central trazia um tom bucólico ao estabelecimento, que levava o termo popular da árvore em seu nome. As mesas mais requisitadas circundavam a planta, pois o mínimo contato que fosse com a natureza valorizava o metro quadrado. O teto, com uma abóboda de vidro que permitia ser aberta ou fechada, dependendo do clima do dia, neste momento era mantido fechado, evitando que o vento gélido do lado de fora incomodasse os comensais.

Logo abaixo da copa da enorme árvore, um casal conversava, enquanto uma picanha argentina e batatas fritas eram saboreadas, regadas a um vinho francês para a mulher e um uísque escocês para o homem. Ele, vestido com um terno grafite feito sob medida, sem gravata, tinha o cabelo perfeitamente penteado para o lado, sem a perspectiva de qualquer fio se rebelar. Ela, com um vestido preto colado em seu corpo, exibindo todas suas curvas naturais, as pernas sensualmente cruzadas debaixo da mesa. Os cabelos lisos e negros salientavam o rosto alvo bonito, e a boca tingida por um batom vermelho-escuro dava ainda mais saliência ao conjunto completo.

– A Nicole está há dois dias em algum país da África cujo nome não consigo pronunciar e sinceramente também não faço questão. – Deu um curto gole de seu uísque. A mulher o observava com atenção, enquanto mastigava com delicadeza o último pedaço de carne que havia colocado em seu prato. – Sinceramente, não consigo compreender a cabeça daquela mulher. Ela sempre teve essa questão interna de querer fazer ajuda humanitária, salvar crianças, baleias, reduzir a pobreza mundial... inclusive essa foi a principal razão pela qual me casei com ela: atrelar minha imagem às causas sociais capitaneadas por ela. Só que desde o início deste ano ela começou com essa história maluca de que as mulheres na África eram vítimas da sociedade e que precisava de alguma forma chamar a atenção do mundo para esse tema.

O celular do homem vibrou discretamente. Ele pegou-o e respondeu uma mensagem, os dedos dançando freneticamente pela tela sensível ao toque. Pousou-o de volta à mesa e continuou seu monólogo:

– Claro, não estou reclamando da ideia em si, até porque ela é excelente para os negócios. Desde que atrelei a imagem da empresa com as causas da Nicole, nossos negócios cresceram mais de dez por cento...

Abocanhou um micropedaço de batata cravado no garfo junto de um pedaço de carne. Pousou os talheres de lado no prato, indicando que havia encerrado seu jantar. Mastigou brevemente e continuou:

– O que não consigo entender é essa fixação dela por essas pessoas tão... tão... distantes. Ela poderia estar jantando em um bom restaurante, tomando um vinho francês, fazendo algum curso de culinária, que por sinal ela precisava, pois cozinha mal demais! – Riu sozinho. – Felizmente não precisamos dela para fazer o jantar em casa! Fato é que ela prefere estar lá, rodeada de uma gente estranha, em vez de estar na minha cama do meu lado.

A mulher sorriu com discrição e deu um curto gole em seu vinho.

– Aliás, ela não deita na nossa cama ao meu lado há mais de um mês. Sempre que estou lá, ela prefere dormir no outro quarto ou mesmo passar a noite estudando qualquer baboseira anarco-feminista. É praticamente como se eu não tivesse esposa!

– Achei que você não se importasse. Você mesmo disse que se casou com ela pela "boa imagem das causas sociais" – a mulher falou pela primeira vez.

– É claro que não me importo! Mas gostaria de sexo e comida quente de vez em quando!

– Desculpe, mas não sei cozinhar.

– Pois, pelo preço que vou te pagar hoje, você deveria começar um curso de culinária.

Ambos riram e ele deu um largo gole de seu uísque, enquanto ela terminava sua taça de vinho, sem tirar os olhos dele. Quase que imperceptivelmente, um maître passou ao lado dos dois, trazendo um casal para sentar à mesa vizinha. O homem observou com desdém aqueles dois que se aproximavam, vestidos inadequadamente para o patamar social daquele recinto. Aproveitou a distração momentânea e solicitou a conta para um dos garçons que estavam próximos da mesa.

– De qualquer forma, não vamos deixar essas idiossincrasias estragarem nossa noite, que está apenas começando.

Sorriu mostrando todos os dentes alvos como a neve. Terminou seu copo de uísque com um grande gole. Em seu celular, avisou ao seu carro que estava de saída. Uma mão imperceptível pousou a conta à sua frente. Ele puxou a carteira de seu bolso e entregou um cartão de crédito negro ao garçom.

Conta paga, escoltou a bela mulher até à saída, com a mão pousada no ombro dela. Seu carro já esperava por eles à porta do restaurante. Durante o percurso até sua casa, ele foi digitando mensagens no celular, sem dar atenção à mulher ao seu lado. Ela observava silenciosa a cidade passar pelo vidro do carro.

Já em seu suntuoso apartamento, ele levou a mulher para uma ampla sala, onde havia um discreto projetor voltado para uma parede alva enorme, dois sofás de veludo e três poltronas dispostas ao redor dos sofás. Ele permitiu que ela se sentasse em uma das poltronas, enquanto prepararia uma bebida aos dois. Foi à sua adega particular, que ficava em um cômodo separado, inteiramente climatizado. Escolheu uma garrafa de vinho português para a mulher e voltou à sala. Deitou meio copo de um uísque 18 anos para si próprio. Colocou um vinil da Amy Winehouse em uma vitrola raríssima e começou a tergiversar a respeito da qualidade sonora dos vinis do século XX.

– É interessante como uma gravação analógica consegue trazer tanta sonoridade a uma obra. Consigo ouvir cada nota grave, cada detalhe vocal dessa cantora incrível. Você conhece Amy Winehouse?

– Sim. Foi uma das poucas pessoas com quem fiz questão de tomar um drinque. Aliás, uma combinação bastante interessante de vodca com licor de banana.

O homem franziu o cenho, sem entender absolutamente nada do que estava ouvindo.

– Rodolfo Fentz, meu nome é Beatriz Prata e trabalho na sua empresa, a Déjà Vu. Precisamos conversar.

CAPÍTULO 32
NOITE DO DIA 11/05/1968
VEVEY, SUÍÇA

O homem passou a mão em seus cabelos grisalhos, impacientemente bagunçando suas madeixas.

– Por que você acha isso, Beatriz?

A mulher colocou seu prato de sopa de lado, em cima de uma escrivaninha, e de seu bolso retirou um pequeno objeto: uma caneta esferográfica.

– Por causa disso! – disse-lhe, mostrando a caneta. – Desde a primeira vez que você me disse que não havia assinado aquele contrato, eu fiquei tentando imaginar quem poderia ter falsificado sua assinatura. Para deixar tudo ainda mais difícil, meu chefe falou com o agente de contratação de 1926, e ele confirmou que nunca havia falado com o senhor. Foi aí que tentamos validar a sua assinatura em um sistema feito somente para isso. E adivinhe: a assinatura era real! Pertencia ao senhor, Charles Chaplin.

– E onde a caneta entra nessa história?

– Já chego lá. Se recorda que eu mostrei ao senhor a assinatura do contrato digitalizado lá em 1926?

– Sim, claro.

– Pois bem. Naquele momento o senhor falou algo a que eu não dei atenção, mas que só fui entender depois. O senhor disse: “A assinatura com certeza é minha, apesar dessa cor estranha”.

Ela sorriu e mostrou a caneta novamente ao ator.

– Aquela “cor estranha” nada mais era do que o objeto mais comum do meio do século XX para frente. Eu sinceramente não sei quando a caneta esferográfica azul foi inventada, e não tive tempo de pesquisar isso, até porque estou sem meu celular temporal. De qualquer forma, eu tenho certeza de que ela foi inventada após 1926. Por essa razão, você não reconheceu aquela “cor estranha” azul lá naquele ano.

– Interessante.

– Fica ainda mais interessante quando você se pergunta: “Se a assinatura é verdadeiramente de Charles Chaplin, mas não foi feita pelo Chaplin de 1926, então o que pode ter acontecido?”. A resposta é muito simples: o Chaplin assinou em outro ano!

– E o que te faz crer que eu assinei agora, em 1968?

– Nada. Mas, se essa assinatura aconteceu em algum momento depois de 1926, então achei mais prudente ir... – titubeou.

– Para o final de minha vida?

– Sim.

– Ainda tenho nove anos, segundo você mesma.

– Sei mais sobre sua saúde do que o seu médico, Charlie.

O homem sorriu com amargura. Levantou-se da cama e caminhou tranquilamente pelo quarto, virando-se de costas para a mulher. Parecia começar a sentir o fardo de uma vida dedicada à perfeição de sua arte, que culminou com o exílio em um país distante de onde ele queria estar. Sua vitalidade esvaía-se a olho nu.

– Por anos eu pensei que a sua empresa não existia, que tudo havia sido uma invenção da minha cabeça, uma maluquice qualquer. Até que fui forçado a não voltar mais para os Estados Unidos.

Virou-se para Beatriz. A mulher ouvia-o com um olhar de compaixão e cumplicidade.

– Por vários anos tentei continuar a produzir. Cheguei a mergulhar em vários projetos, mas nada me agradou como gostaria. Para piorar, a minha saúde foi deteriorando-se a ponto de eu não conseguir mais trabalhar. Então, ano passado, logo após lançar *A Condessa de Hong Kong*, eu decidi que não tinha nada mais a perder: procurei sua empresa para contratar seus serviços.

– Mas por quê? Entendo que, devido à sua saúde debilitada, não faria sentido viajar para o futuro partindo de 1967. Mas por que então fazer isso com você mesmo do passado?

Ele sorriu, e em seus olhos uma centelha acendeu-se.

– Para engrandecer ainda mais minha obra. Imagine o que aquele jovem Chaplin, cheio de vitalidade e ideias, poderia fazer com toda a tecnologia que ainda está por vir...

Beatriz abaixou a cabeça de maneira triste. Quando a reergueu, olhava maternalmente para o grande diretor que estava à sua frente.

– Charlie, sua obra já é grande o suficiente. Você influenciou e ainda influenciará o cinema como um todo.

– Mas eu poderia fazer muito mais! Após *A Condessa de Hong Kong*, percebi que passei muitos anos lutando contra a fala no cinema, cegamente apegado àquele cinema mudo que eu conhecia e tanto admirava. Queria poder dar uma nova chance àquele Chaplin, de fazer os melhores filmes possíveis.

– Mas por que 1926, então? Por que descartar tudo o que viria depois? *O Grande Ditador, Tempos Modernos*?

Ele virou-se de costas novamente.

– Porque aquele filme não deveria ter sido terminado.

– Que filme? *O Circo*?

– Exatamente. Ele me traz péssimas recordações. O inferno daquele divórcio com a Lita, o incêndio no set de filmagem, a aparição da sua empresa... É uma obra que eu nunca deveria ter encerrado, manchando minha carreira com ela.

– Isso não é verdade, Charlie. Claro, entendo todos os momentos difíceis que o senhor passou para produzir esse filme, mas vejo pelo lado contrário: sua perseverança em terminá-lo faz com que essa obra e o senhor sejam um exemplo. Acreditar em uma ideia, em um sonho, e não desistir, não importa o que aconteça. Além do mais, o resultado final do filme é incrível! Tenha a certeza de que pelo menos até 2112 as pessoas continuarão vendo e se divertindo com ele.

Uma gota de lágrima escorreu pelo rosto enrugado do homem. Ele envergonhadamente olhou para Beatriz.

– Você é genial pelo que foi e pelo que é, Charlie. Não queira mudar isso, pois a história já o tem como uma das maiores personalidades que existiu. E ficará na memória de todos para sempre o grande artista que o senhor foi!

– Obrigado. – Soluçou em prantos.

Ela carinhosamente abraçou-o. Ele permitiu-se chorar por alguns minutos, até que por fim escapou do abraço e enxugou suas lágrimas.

– Se me permite, gostaria de lhe pedir mais um último favor – Beatriz disse.

– Mas é claro. Dessa vez não pedirei nada em troca.

Sorrindo, Beatriz lhe agradeceu, lembrando-se da última vez que pediu um favor ao ator e precisou responder duas difíceis perguntas em troca. Dessa vez seu favor era bem mais intrincado do que aqueles que pedira em 1926.

CAPÍTULO 33
NOITE DO DIA 29/07/2112
SÃO PAULO, BRASIL

Rodolfo se sentou em um dos sofás de veludo, logo à frente da mulher. Sua expressão havia mudado por completo. O cenho franzido revelava uma testa repleta de rugas e um rosto com marcas de expressão. Cruzou as pernas e abandonou por completo o ar sedutor de minutos atrás, adquirindo sua habitual aparência resoluta e arrogante. Deu um curto gole de seu uísque, olhando profundamente para a presença feminina à sua frente, analisando cada detalhe dela.

– Pelo visto terei que assinar um e-mail de retificação de sua morte, não?

Beatriz riu com o canto da boca. Discretamente, pousou seu celular no braço da poltrona onde estava sentada.

– Se preferir, eu mesma posso enviar, para dar mais veracidade e evitar qualquer fofoca.

– O que você quer com toda essa ceninha de se fazer passar por uma prostituta para vir até minha casa?

– Conversar.

– Sou todo ouvidos.

– Por onde começar? Bom, acho que vou começar pela minha morte, já que você mesmo puxou esse assunto.

Tentando manter-se calma, Beatriz deu um longo gole de seu vinho e começou a relatar todos os acontecimentos relativos a Luiz desde o momento que ele apareceu para buscá-la em 1926. Contou em detalhes sua truculência e a primeira tentativa de mantê-la presa em um armário em 1998. Enquanto lhe contava sua história, Rodolfo a ouvia atentamente, bebericando seu copo de uísque. Ela culminou no relato detalhado do momento em que regressou a 1954 e encontrou com Daniel e Luiz, frisando o fato de que ambos a forçaram a assinar um contrato para forjar seu desaparecimento, daí a falsa notícia de sua morte.

– Que horror – retrucou o homem. – E como você conseguiu escapar e chegar aqui? Para qual ano você escolheu viajar?

– Para 1968. Pra minha sorte, na hora que estava para assinar, tive uma ideia do que poderia fazer. Quando mostrei para o Chaplin a assinatura do contrato dele, apesar de ele ter confirmado que era a sua assinatura mesmo, achou estranha a cor da tinta utilizada. Na hora não dei importância, mas naquele momento específico me atentei ao fato de que aquela era a cor de uma caneta esferográfica comum. Daí entendi que quem tinha contratado a Déjà Vu não era o Chaplin de 1926, mas sim um Chaplin mais velho do futuro.

– Muito inteligente. Imagino então que você escolheu 1968 para falar com o Chaplin mais velho e comprovar a sua teoria.

– Exatamente. – Ela encheu seu copo de vinho, que havia ficado vazio.

– Incrível. Mas isso ainda não explica como você chegou até 2112. O que fez depois?

– Já vou chegar lá. Você não se perguntou até agora qual a motivação do Daniel e do Luiz para terem feito tudo o que fizeram?

– Ótimo ponto. Qual era a motivação deles?

– No começo não entendi também. Até que descobrimos que...

– Um momento. Descobrimos? Alguém te ajudou?

– Hum... – disse, bebericando seu vinho. – Sim, o Thiago, meu namorado. Do TI Temporal. Era, pois foi demitido.

– Ok, continue. O que vocês descobriram?

– Descobrimos que o Daniel vinha falsificando contratos para que terceiros fossem levados a pedido de importantes contratantes. Basicamente, ele vem utilizando a Déjà Vu para sequestrar pessoas. E o Luiz, o Mario e o Gabriel são cúmplices nesse esquema também.

– E por qual razão eles fariam isso?

– Dinheiro. Nas palavras do Daniel: "Uma viagem desse tipo vale de três a quatro vezes o valor normal de uma viagem da Déjà Vu".

– Isso é uma acusação muito grave, Beatriz. Você tem como provar?

Ela sorriu com deleite. Encheu novamente seu copo.

– Felizmente, tenho sim. Vamos voltar à sua pergunta: "Como eu consegui voltar para 2112, então?".

Beatriz pegou seu celular e, com alguns cliques, procurou um arquivo que queria mostrar ao homem.

– Posso acessar sua rede para sua inteligência artificial projetar um arquivo ali?

– Mas é claro. Basta acessar por *bluetooth*. Bertolucci, libere o acesso à rede para a moça, e, quando receber o arquivo, quero que o projete para nós.

Alguns segundos se passaram até que a operação fosse concluída e um documento aparecesse na parede ao lado dos dois. Beatriz foi descendo as páginas do documento, enquanto continuava a contar a sua história:

– Como você pode ver, esse é um contrato da Déjà Vu. Mais especificamente o *meu* contrato. Com um nome falso, é claro. Agora, veja a sua assinatura e a data de contratação.

Com uma caneta esferográfica azul e uma letra cursiva bastante tremida, era possível ver uma assinatura quase ilegível de um nome feminino qualquer. Logo abaixo, a data de 14 de maio de 1968.

– Desculpe, mas não compreendi. Isso não me prova absolutamente nada.

– Claro, claro. Mas aguarde, ainda não acabou.

Ela alterou o arquivo de exibição do contrato para um vídeo com qualidade altíssima. Nele, claramente gravado de forma escondida, era possível ver um homem grisalho, com uma imensa vivacidade corporal, falando com um outro homem, careca, com óculos de aros redondos e rosto rechonchudo.

– Provavelmente você não conhece nenhum dos dois. O senhor careca é Quentin, agente de contratação da Déjà Vu, baseado na Suíça de 1968. O senhor grisalho é ninguém mais ninguém menos do que Charles Spencer Chaplin.

O vídeo continuava com uma conversa descontraída dos dois homens. Chaplin lhe dizia que estava com problemas com uma amante antiga e que precisava dar um jeito de desaparecer o quanto antes com ela, para que não lhe causasse mais dores de cabeça. Compreensivo, o senhor careca assentiu e lhe explicou as opções disponíveis pela empresa. Beatriz parou o vídeo e passou para outro, novamente entre os dois homens, porém dessa vez ambos com roupas distintas.

– Esse foi gravado no dia seguinte, quando Chaplin voltou para assinar o contrato que iria me trazer de volta para 2112. A assinatura tremida com aquele nome patético é dele. Felizmente o amável Quentin permitiu que o ano, o dia e o lugar em questão fossem escolhidos sem maiores problemas.

Ela parou o vídeo, terminando a projeção. Silenciosa, a sala trazia um ar frio aos dois presentes. Beatriz deitou as gotas finais da garrafa de vinho em sua taça, enquanto Rodolfo perscrutava cada detalhe do rosto da mulher à sua frente, bebendo o último gole de uísque em seu copo, sem emitir uma palavra. Por fim, quebrou o gelo:

– Quem foi o responsável por te buscar? O Luiz?

– Não, o Mário.

– E... – ele alongou a letra, buscando as melhores palavras para colocar aquela pergunta – ele não chegou a te reconhecer? A suspeitar disso tudo?

Beatriz sorriu displicentemente.

– Eu fiz questão de me disfarçar, é claro. Por sorte, uma peruca loira, uma maquiagem carregada e roupas da década de 1960 fazem qualquer pessoa se transformar.

Ele suspirou profundamente.

– Ok, Beatriz, o que você quer comigo?

– Te mostrar um caso completo de uma sucessão de crimes dentro da sua empresa? Te fornecer provas para que todos esses crimes possam ser elucidados e os responsáveis, devidamente presos? Acho que isso já seria o bastante para mim.

Ele levantou-se. Pousou o copo na mesinha de bar atrás de si e lentamente se serviu de mais um dedo de seu uísque. De costas para a mulher, começou a falar:

– Admiro muito sua determinação. De fato, é uma história e tanto. Mas, infelizmente, a não ser pelas suas peripécias com o Chaplin, eu já estava ciente de todas as outras partes.

Virou-se para ela e foi caminhando em sua direção, bebericando seu uísque.

– Que homem nunca sonhou em ter o poder de escrever a história com suas próprias mãos? E claro, para tal, é preciso também escrever a história dos outros, que podem atrapalhar sua própria história. Por séculos, o que fazemos hoje foi feito sem qualquer parcimônia, mas com uma sucessão de danos colaterais: mortes, marcas, testemunhas. Às vezes era necessário coagir três a quatro pessoas simplesmente por causa de uma. O que nós trouxemos foi a evolução da história. Sem empecilhos, fazemos o que nossos clientes querem, não apenas com discrição, mas com *perfeição*.

Bebeu um gole de seu uísque e apontou para a mulher.

– Vou te dar mais uma oportunidade: pegue esse seu namorado e escolha o ano que desejar no passado. Lá, haverá uma conta com dez milhões de dólares esperando por vocês dois. E esses vídeos são apagados. E todos seremos felizes... e ricos!

– E caso eu não aceite?

– Você já está morta mesmo...

– Imaginei.

Beatriz pegou seu celular e guardou-o em sua bolsinha. Levantou-se e, bem próxima do homem, exprimiu:

– Acho, então, que preciso de mais uma garrafa de vinho para brindar esse momento.

Ele sorriu, mostrando todos seus dentes.

– Sabia que seria compreensível. Já vou buscar.

Ele saiu da sala e voltou à sua adega climatizada. Pegou uma garrafa do mesmo vinho português de antes e, de dentro de uma pequena caixinha de madeira, escondida em uma cristaleira de antiquário, retirou uma garrafinha minúscula. Sacou a rolha da garrafa e deitou parte do líquido da garrafinha na bebida de uvas. Sorriu satisfeito.

Quando voltou à sala, encontrou-a vazia. Buscou a maçaneta da porta de entrada e viu que estava aberta.

– Bertolucci, como ela abriu a porta?

– Um momento, meu senhor, vou procurar em meu histórico. – Alguns segundos de silêncio se passaram. – A porta foi aberta remotamente... por um IP criptografado... que nos acessou através da rede *bluetooth*, pelo... celular dela. Com a nossa autorização para entrarem na rede, meu senhor.

– Merda! – Rodolfo agarrou seu copo de uísque e arremessou-o na parede onde antes o contrato e os vídeos haviam sido projetados, esmigalhando-o em centenas de pedaços.

CAPÍTULO 34
TARDE DO DIA 30/07/2112
SÃO PAULO, BRASIL

Luiz acordou de sobressalto. Estava deitado de terno, a gravata frouxa no pescoço. Sua camisa estava ensopada de suor. Olhou ao seu redor para tentar entender onde estava. Não se lembrava de nada, desde o momento em que fora pego indo para a Déjà Vu. Tinha acordado e visto uma bomba nos noticiários matutinos: Beatriz havia gravado um vídeo de Rodolfo entregando tudo e o divulgara ao vivo na internet. Era uma questão de tempo para a polícia vir atrás dele. Precisava dar um jeito de eliminar qualquer vestígio que o incriminasse. Vestiu seu melhor terno às pressas e desceu ao estacionamento para pegar seu carro, quando alguém o abordou por trás. Viu o mundo à sua frente escurecer e acordou ali.

Entendeu que estava em um quarto de hotel. A decoração era antiga, bem diferente das modernas e futurísticas decorações com que estava acostumado. Os móveis de madeira escura e a cortina fechada deixavam o quarto entregue a uma penumbra incômoda. Ouviu vindo de algum lugar uma voz de um homem falando inglês com sotaque americano. Seguiu a voz e chegou a uma antessala, onde havia uma escrivaninha, uma poltrona e uma mesinha com uma televisão sobre ela.

Era a televisão que emitia a voz masculina. Luiz sentou-se na frente daquele objeto, estranhando-o por completo. Era um monitor de tubo, feito de madeira, com um cursor analógico no canto direito que permitia mudar de canal manualmente. Não havia controle remoto ou telas de alta definição. Já havia visto aquele tipo de televisão antes, quando viajara para as décadas de 1960 e 1970.

Tentando compreender o que se passava ali, parou para ver o que o aparelho transmitia: a imagem de uma nave emitindo um fogo azul e um enorme contador na parte de baixo, indicando em inglês que faltavam onze minutos para o "pouso na Lua". O homem narrava aquele momento épico com sua voz entrecortada por um barulho alto de instrumentos de voo. Por breves momentos, no meio da tela, apareciam os dizeres "Simulação da ABC".

Ele mudou o canal, e o outro exibia imagens similares, apenas trocando as letras por CBS. Mudou novamente, e agora via NBC aparecer escrito. Girou o botão analógico uma vez mais e retornou ao primeiro canal, ABC. Irritado, girou o botão inúmeras vezes, mas só conseguiu alternar entre ABC, NBC e CBS. Só havia três canais naquela televisão, e todos exibiam a mesma coisa.

Suas pupilas se dilataram de pânico. Estava em um quarto antigo, com uma televisão que exibia ao vivo a chegada da Apollo 11 à Lua, evento que acontecera em 1969. Com certeza alguém o sequestrara naquela manhã e o levara de volta para 1969! Precisava dar um jeito de sair dali. Tateou seu bolso em busca de seu celular temporal. Não encontrou nada.

Levantou-se e caminhou freneticamente pelo quarto. Aquilo não era possível, tinha que haver alguma outra explicação. Viu uma revista e um jornal em cima da escrivaninha e os pegou. A revista exibia uma capa com John Lennon e Yoko Ono deitados em uma cama, clamando pacificamente pela paz. O jornal exibia em letras garrafais a frase em inglês: "Um pequeno passo para o homem, mas um grande salto para a humanidade". A data logo acima da manchete comprovava seus temores: 1969.

Chacoalhou-se por completo. Correu de volta para o quarto, falando consigo próprio que aquilo não podia ser verdade. Enumerou as possibilidades que tinha. Lembrou-se de Beatriz e a odiou ainda mais. Tinha certeza de que fora ela que o sequestrara e dera um jeito de prendê-lo ali naquele ano. Abriu a cortina do quarto e olhou pela janela. Viu prédios baixos, um posto de gasolina e um enorme outdoor, anunciando um carro chamado Mercury.

Enjoado, correu para o banheiro e vomitou na privada. O que iria fazer? Como sairia dali? Não podia ficar preso no passado para sempre. Não conseguiria viver naquele tempo. Com certeza alguém na Déjà Vu viria salvá-lo. Mas lembrou-se do vídeo gravado com Rodolfo Fentz e vomitou uma vez mais.

Então, ouviu baterem à porta do quarto. Levantou-se, limpou sua boca com a manga do paletó e correu desvairado para a porta de entrada. Abriu-a e deu de cara com dois policiais altos, com fardas finas de fibra de carbono com regulação de temperatura. O policial mais à frente deu um toque na lateral de seus óculos escuros, dando início à gravação do que faria na sequência.

– Sr. Luiz Miguel Cunha, o senhor está preso. O senhor tem o direito de permanecer calado e...

– Não! – Luiz gritou enquanto o outro policial entrava no quarto e colocava as algemas nele. – Vocês não entendem, eu não sou deste ano! Sou de 2112! Fui sequestrado e largado aqui em 1969! Vocês têm que me ajudar!

O policial terminou de recitar os direitos do infrator enquanto o outro o segurava, com os pulsos presos pelas algemas. Os policiais o escoltaram prédio abaixo, enquanto Luiz continuava gritando que havia um engano, que ele não poderia ser preso, pois não era daquele tempo.

Ao chegarem na rua, o carro da polícia lhes esperava, com a porta detrás aberta. Luiz se debatia e gritava, e o policial forçou sua cabeça para que entrasse no carro. Já sentado lá, estava Daniel, que ao ver Luiz berrou em prantos:

– Ela sequestrou você também? Fala para eles que somos de 2112, Luiz! Fala!

Os dois policiais se sentaram em um banco à frente dos dois presos, de costas para o vidro de frente do carro. Mandaram os dois calarem a boca, e o carro partiu, sem qualquer motorista o dirigindo.

Da porta ao lado do quarto onde estava Luiz, saiu um casal para checar o tumulto que acontecia no hotel. Eles sorriam felizes e entraram no quarto de Luiz. Foram até a janela que ele abrira e arrancaram o pôster que ali estava colado. Com a janela agora exibindo a futurística 2112, eles observaram os policiais colocando o homem dentro do camburão sem motorista. Abraçaram-se e sorriram felizes.

CAPÍTULO 35
INÍCIO DE TARDE DO DIA 02/08/2112
SÃO PAULO, BRASIL

A televisão alta ribombava nas paredes, permitindo que cada palavra pudesse ser bem ouvida em qualquer lugar do recinto. Após a vinheta de um telejornal ser tocada, a apresentadora retornou à tela:

– Novas informações acerca do "Caso Déjà Vu" são reveladas. – A imagem na tela alterou-se para uma vista aérea do prédio da empresa. – Depois da impressionante revelação feita por meio de um vídeo escondido gravado por um celular na casa do diretor-presidente, Rodolfo Fentz, e divulgado na internet pela ex-funcionária Beatriz Prata – a tela agora exibia uma foto a distância de Beatriz – de que a empresa de negócios temporais, Déjà Vu, vinha, através de membros do alto escalão da empresa, sequestrando pessoas ao longo da história – dessa vez, era possível ver a figura de Rodolfo Fentz em sua casa –, nossa equipe conseguiu contato com outra ex-funcionária, que revelou que recebia instruções para ludibriar auditores e até mesmo falsificar documentos!

O canal foi alterado para outro de notícias, no qual dois homens sentados discutiam o caso Déjà Vu.

– ... mas até que ponto o processo de quebra da patente de viagem no tempo pode vir a se tornar efetivo, Marcelo?

– Acho difícil acreditar que, depois de todo esse escândalo, o Ministério Público ainda mantenha essa patente de pé, Chico. Fato é que isso tudo nos abriu os olhos para o quanto é perigoso termos o monopólio da viagem no tempo nas mãos de poucas pessoas. São necessárias regras mais rígidas, e tenho certeza de que o mercado iria autorregular com mais austeridade esse tema.

– Mas permitir que todos tenham acesso à viagem no tempo não seria dar carta branca a organizações criminosas para poderem agir indiscriminadamente ao longo do tempo?

– Não se tivermos leis mais severas e que sejam de fato cumpridas. Vale lembrar que, enquanto a viagem no tempo esteve única e exclusivamente nas mãos de seus criadores, eles já agiram como uma organização criminosa, de maneira inescrupulosa e sem limites morais. Ao abrir a oportunidade para o mercado utilizar de todo o potencial econômico e social que a viagem no tempo nos proporciona, tenho certeza de que será muito mais fácil termos menos influência em prol de interesses próprios, na maioria das vezes escusos, e isso trará um ganho enorme à toda a população. É um passo sem precedentes na história.

Novamente o canal foi alterado, dessa vez para um programa em que quatro mulheres conversavam sentadas em três grandes sofás beges. O tema ainda girava em torno das revelações da empresa de negócios temporais.

– O que mais me choca em toda essa discussão que o mundo vem tendo desde sábado passado, quando o vídeo daquele crápula Rodolfo Fentz foi mostrado para todos nós, é que ninguém – ela ergueu o dedo em riste –, repito, *ninguém* falou a respeito da atroz violência física e psicológica pela qual passou essa incrível mulher chamada Beatriz Prata. Para a sorte e para o bem-estar dela, ela está desaparecida. Vamos rezar para que não a encontrem, pois ela foi humilhada, apanhou... sim, *apanhou*! Tem lá um trecho do relato em que ela diz que aquele cara que trabalhava com ela, cujo nome eu fiz questão de não memorizar, deu um tapa nela e a largou para morrer em um armário. Não satisfeitos, eles a forçaram a ficar presa no passado, caso contrário a matariam de verdade. Gente, isso é uma grave violência contra a mulher! Contra um ser humano! E em pleno século XXII, ninguém... *ninguém* fica indignado com isso! É claro que a corrupção, a sujeira, que permeava aquela empresa era nojenta e precisa sim ser punida e discutida, mas não podemos nos esquecer do que essa mulher passou...

O canal foi alterado agora para uma reportagem que exibia uma entrevista coletiva com o advogado de Rodolfo Fentz, um senhor de queixo pontudo, cabelo penteado para trás e olhos de quem está jogando pôquer o tempo inteiro.

– ... meu cliente está à disposição para esclarecer quaisquer perguntas e tem o maior interesse em colaborar com as investigações. Contudo, é inadmissível que uma prova ilegal... sim, uma prova que foi feita sem o consentimento de meu cliente, gravada e disponibilizada de forma completamente fora do aparato legal deste e de qualquer outro país... essa prova não pode dar ensejo a um processo baseado na ilação de um crime que sequer foi perpetuado. Outrossim, não há qualquer suporte jurídico que dê validade legal a uma suposta evidência forjada quase 150 anos atrás, tal qual o alegado contrato firmado pelo finado Sr. Chaplin. Tenho a plena convicção de que nosso douto sistema judiciário não irá cometer o equívoco de aceitar o vídeo ilegal, tampouco o contrato caducado, ambos apresentados pelo Ministério Público contra meu cliente.

O canal foi alterado uma vez mais, então para um desenho de pessoas amarelas, discutindo algo em um bar. A mulher sentada à frente da tela levantou-se e caminhou devagar para o quarto.

– Está pronto?

– Só preciso pegar minhas coisas de banheiro. E você?

– Já estou pronta, só te aguardando.

– Como você tá se sentindo?

– Famosa.

Ambos sorriram felizes.

EPÍLOGO
MANHÃ DO DIA 12/05/1968
VEVEY, SUÍÇA

A tela da enorme televisão exibia uma imagem em preto e branco de um homem vestido com sapatos e calças de números muito maiores do que ele usava, uma camisa branca com a gravata torta, um paletó agarrado em seu corpo, um chapéu-coco que insistia em não cair de sua cabeça e uma gravata que parecia dançar em sua mão esquerda. Esse homem da película, com um pequeno bigode estampado em seu rosto, corria de um lado para o outro em um labirinto de espelhos, enquanto um policial atrapalhado o perseguia insistentemente. A imagem de ambos era refletida uma dezena de vezes na tela, por conta dos espelhos espalhados ao seu redor. Diversos Vagabundos pulavam para lá e para cá, até que no final a autoridade presente era capaz de o segurar e o parar.

Sentado na frente da televisão, um homem grisalho com um pijama de seda riu de si mesmo. Expurgando o riso, uma gota de lágrima escorreu pela sua face esquerda. Triste, olhou para o chão pensativo. Na televisão, um texto em inglês apareceu, indicando uma pergunta feita pelo policial que prendeu o Vagabundo: "Como saio daqui?".

O homem grisalho se levantou e caminhou pelo quarto. Foi até o projetor e trocou o rolo que estava sendo exibido por outro. O filme ainda era o mesmo, porém com algumas cenas diferentes, até então inéditas ao mundo. Sentado novamente, ele assistiu com calma àquelas imagens das quais nunca iria se esquecer. Tinha cada detalhe de seus filmes guardado em sua memória. Até que viu na tela algo de que não se recordava.

Imponente na frente da imagem, uma enorme zebra aparecia. Atrás, um cartaz do circo de Chaplin indicava que o espetáculo estava acontecendo. Transeuntes passavam entre a zebra e a vitrine que exibia o cartaz. Uma dessas pessoas falava com um aparelhinho estranho na orelha. Um aparelho que fora colocado na frente do rosto do ator. O mesmo aparelho que depois descobrira o resultado da World Series daquele ano. Quem o segurava era uma mulher muito especial.

Chaplin sorriu e sentou-se defronte a uma escrivaninha. Com seu coração batendo rápido, ele pegou um pedaço de papel e uma caneta de dentro de uma gaveta e permitiu-se parar um tempo para observar a caneta, absorto em seus próprios pensamentos. Na televisão, o filme continuava e caprichosamente voltara para outra cena do Vagabundo com o policial, agora ambos correndo sem sair do lugar, sobre uma roda que girava freneticamente dentro de uma tenda circense. A plateia que os via ria com prazer.

A caneta finalmente deslizou pelo papel, tingindo-o com a cor azul, que esculpia letras redondas e firmes. As palavras fluíam com naturalidade, compondo um poema curto e ritmado. Intitulou-o de "Swing Little Girl". Quando terminou, sorriu de satisfação, enquanto a plateia no circo vibrava extasiada.

Levantou-se e começou a cantar a canção que havia acabado de escrever, com uma voz alta e grossa:

"Balance, Menininha
Balance, alto, para o céu
E nunca olhe para o chão.
Se você procura o arco-íris,
Olhe para cima, para o céu.
Você nunca achará o arco-íris
Se estiver olhando para baixo.

A vida talvez seja chata,
Mas nunca é igual.
Um dia, faz sol,
Outro dia, chove.

Balance, Menininha,
Balance, alto, para o céu
E nunca olhe para o chão.
Se você procura o arco-íris,
Olhe para cima, para o céu.
Mas nunca, jamais, olhe para baixo."

Permitiu-se cantarolar mais umas três ou quatro vezes, alterando ora ou outra pequenos trechos de sua própria melodia. Quando chegou ao resultado que o agradou por completo, cantou alto uma vez mais, seu polegar esquerdo passando pela caneta enquanto as palavras eram melodicamente murmuradas.

Virou a folha de papel e desenhou um quadrado nela. Dentro do quadrado, redigiu:

"Uma comédia
Escrita, dirigida e produzida por
CHARLES CHAPLIN
'O Circo' © MCMLXVIII"

Sorriu satisfeito, observando o número 1968 escrito em números romanos. Anotou um pequeno "trocar por esse" logo abaixo do quadrado, um lembrete para si próprio do que deveria fazer com aquele intertítulo inicial recomposto naquele papel. Trocaria propositadamente o ano de criação do filme. Rodado em 1926 e levado a público em 1928, fora mesmo só naquele momento, em 1968, que a película ganhou o detalhe final que faltava.

Levantou-se novamente e sentou-se defronte à televisão, que agora exibia a imagem de um Vagabundo ao fundo, com todos os membros do circo ao seu redor, olhando fixamente para ele. O dono do estabelecimento, sentado em primeiro plano, gesticulava com os braços. Uma frase em inglês apareceu na tela: "Vá em frente e seja engraçado".

As lágrimas escorreram livremente pelos olhos, agora não mais de tristeza, mas de júbilo.

AGRADECIMENTOS

Gostaria de agradecer à minha esposa, Marcela, pelas longas horas de discussão em cima de uma ideia que a princípio parecia completamente maluca. Este livro surgiu inspirado pela teoria da conspiração de que uma viajante no tempo pode ser vista ao fundo de uma cena do filme *O Circo* de Charles Chaplin. Amplamente divulgada no YouTube, essa cena mostra uma mulher aparentemente falando no celular, em trajes de época, em plena década de 1920!

Partindo daí, surgiu a inquietude: "E se déssemos vida a essa história?". Entre longas horas de conversa, a Déjà Vu foi sendo fundada e suas regras, estabelecidas. Beatriz ganhou vida. E suas aventuras ao longo do espaço-tempo puderam tomar forma. Contudo, sem a perseverança e paciência de minha esposa em me cobrar diariamente a escrita, mesmo após um longo dia de trabalho, todo esse cenário teria ficado perdido em nossas conversas no sofá. Foi graças a ela que você, leitor, pôde se entreter através destas páginas.

Agradeço também a todos aqueles que dedicaram um pouco de seu tempo para ler previamente esta obra e me dizer suas sinceras opiniões. Em especial à própria Marcela, que foi ácida em cada vírgula e me abriu os olhos para buracos e falhas no texto; ao Thiago, que comentou cada passagem e apontou detalhes que nem mesmo eu me recordava de ter escrito, ajudando-me, também, a estabelecer melhor o conceito futurista de 2112; à Luciane, pela leitura rápida e pelos elogios à obra, mostrando-me que estava no caminho certo; e, por fim, à Manuela, pela leitura crítica e paciência em responder à enxurrada de perguntas que fiz.

Não poderia deixar de agradecer também à Editora Novo Século, por ter acreditado em mim e em minha obra. Um livro é muito mais do que palavras impressas em papel, mas a vida de um autor despejada por completo naquelas páginas. Disponibilizar essa vida aos leitores é como estender a mão a alguém que precisa de cuidados. Serei eternamente grato por isso.

FONTE: Alegreya

#Talentos da Literatura Brasileira
nas redes sociais

novo século®

www.gruponovoseculo.com.br